祝葬

くさかべ よう

久坂部羊

王蘊潔 ——— 譯

目次

土岐家族族系圖

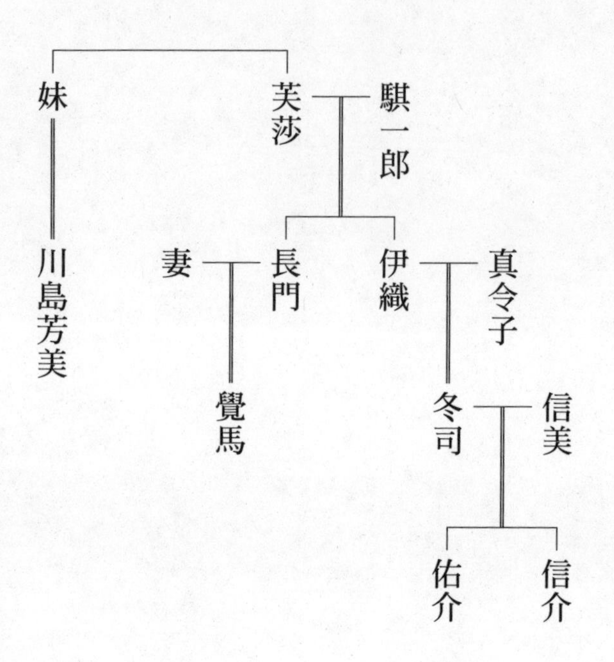

值得祝福的葬禮

上午十點，從新宿出發，前往松本的特急「超級梓11號」列車有七成左右的載客率。

東京已經出現春天的氣息，但信州應該還很寒冷。我拉起穿在喪服外的風衣領子，回想起好友土岐佑介在四年前對我說的話。

——如果有朝一日，你來參加我的葬禮，到時候請為我祝福。

但是才三十七歲，會不會太年輕了？而且當年說的這句話，不是在兩個月前已經達成撤消的共識嗎？還是說，以長遠的眼光來看，他的死亡仍然是一件值得祝福的事？我眺望著車窗外從都市漸漸變成深山的風景，不知該如何整理內心複雜的情緒。

✦

前天晚上，我突然接到一通電話，收到佑介的死訊。

「請問是手島醫生嗎？我姓安田，是土岐紀念醫院的事務長。」

我從來沒有聽過這個名字，但立刻察覺到是壞消息。土岐紀念醫院是佑介曾祖父創立的，目前在那家醫院任職的所有醫生中，只有他是土岐家的人。我和那家醫院的事務長素昧平生，既然對方會打電話給我，顯然發生了不同尋常的事。

我還來不及做好心理準備，電話中就傳來僵硬的聲音。

「本院的土岐佑介醫生去世了。」

即使因為職業關係，我比其他人更常和死亡打交道，但聽到這句話，仍不禁發出驚呼。我脫口問：「請問是自殺嗎？」

「目前還不清楚，但應該是因疾病猝死……」

怎麼可能有這種荒唐事？佑介身體很健康，哪可能突然生病死亡？我雖然無法接受，但還是克制住這種想法，詢問詳細的情況。

安田告訴我，前一天，也就是星期一上午，佑介有門診，但他沒去醫院，也沒接電話。安田在下午去佑介的公寓察看，發現佑介的屋內有異狀，請管理員開門，看到佑介倒在沙發上。由於已明顯死亡，便立刻報警，同時聯絡醫院和家屬，之後著手善後。

「沒有解剖嗎？」

「警方判斷沒有他殺的可能性。」

房間內並無被人翻動的痕跡，門窗上鎖，沒有發現遺書之類的東西，因此判斷為病故，法醫在驗屍後診斷死者大約在兩天半到三天前死亡。是在星期一發現遺體，佑介在前一週亦都正常上班，研判是在星期五晚上死亡，星期六、日都沒有人發現他去世。

「法醫當場進行仔細檢查，最後說是心因性猝死，也就是所謂的突然非預期性死亡。」

他說的是急性心臟衰竭，但這只是代表「心臟突然停止」，根本無法稱為死因。

「沒有其他異常嗎？」

我不禁加強語氣，安田有點不知所措地向我說明。

「呃，這件事不知道該不該說……法醫在看到土岐醫生的遺體後說，他生前似乎流了很多汗。」

三月的信州，春天的腳步尚遠，佑介在死前流汗？

「法醫怎麼會知道？不是在死後隔了好幾天才發現嗎？」

「我不是很清楚，但聽到法醫在驗屍時這麼嘀咕。土岐醫生的頭髮都黏在額頭上，好像被雨淋過……」

安田輕咳著，掩飾著內心的困惑。我無法理解到底發生了什麼狀況，只能在感謝安田來電通知後，掛上電話。

佑介死亡的消息簡直就是晴天霹靂，我應該是能夠接受他的英年早逝這件事為數不多的朋友，他以前還是醫學系學生時就與眾不同，沒什麼朋友，但很信任我，曾經多次向我暗示這件事。但我猜不透他的死因，他到底是如何找到巧妙的死法？

佑介的告別式於三月十六日下午一點，在茅野市的「茅野殯儀館」舉行。我請了年假去參加他的告別式。他在十日去世，去世至今已經將近一週，也許很難從外表瞭解死因，即使如此，我仍然想去見佑介最後一面。

得知佑介的死訊後，我想到他的女友志村響子。不知道她是否安好。今年新年時，佑介、我、我太太貴子，和響子四個人曾經一起去滑雪。去年十月，佑介告訴我他交了女朋友，我帶著一半八卦的心情，一半想聲援他的戀情，於是安排那次的滑雪旅行。當時響子有留手機號碼給我。

接到安田的通知後，我主動聯絡她，她立刻接起電話。

「啊，手島醫生。」

電話中傳來她帶著悲傷和不安的輕柔聲音。

「妳知道佑介的事了嗎？」

「我知道……今天早上接到電話。」

是佑介的母親通知她。佑介的母親從手機的通話紀錄中，得知他們在交往，於是直接聯絡她。

「志村小姐，妳一定很驚訝，妳還好嗎？妳要堅強，千萬不要想不開。」

我說完之後，才發現自己說錯話。我的失言會不會反而推了她一把？短暫的沉默讓我有一種如履薄冰般的感覺，我忍不住叫著她。

「志村小姐。」

「是。我……不知道該怎麼辦。」

從她低沉的聲音，可以察覺到她內心極度慌亂。

「我能夠理解妳的心情，我同樣很難過，不過即使是為了佑介，也必須加油。如果有需要，我明天可以去看妳。」

星期三上午有門診，但下午可以挪出時間。我已經打算去看她，但響子拒絕我的提議。

「謝謝你，但暫時不需要，有朋友來陪我。」

真的嗎？會不會只是說謊讓我安心？

「可以把電話交給妳朋友嗎？」

「……好。」

響子似乎有點不知所措，然後聽到一個比響子更成熟的聲音。

「我姓相澤。」

「我姓手島，是去世的佑介的朋友。我之前曾經聽佑介稍微提過志村小姐的事。」

我含糊其詞。我不知道對方是否瞭解響子的疾病。

「我知道。我和響子一樣是護理師，請你不必擔心。我會陪伴在她身旁，避免她有衝動的行為。」

聽相澤的語氣，似乎瞭解狀況。

「拜託妳了，可以請妳把電話交還給志村小姐嗎？」

手機又交回響子手上，再度聽到輕微的呼吸聲。

「我會去參加後天的告別式，我們那時候再詳談。我有關於佑介的事要告訴妳。」

我認為只要我這麼說，至少可以避免她在我們見面之前，做出衝動的行為。但在葬禮上見到她時，到底該說什麼？

——土岐家的醫生都躲不過早死的命運。

即使這麼告訴響子，也無法為她帶來絲毫的安慰。她可能不相信這句話，或是責怪我既然早知道，為什麼沒有更早告訴她？

但是在兩個月前，當我們一起去滑雪時，佑介應該已經決定要克服這種命運。因為他對我說，為了響子，他必須好好活下去。

✦

八年前，在我和貴子結婚後不久，從佑介口中聽說了他們家族的醫生都躲不過早死命運這件事。當時我請這位孤獨的好朋友來我們的新居，我太太親自下廚招待。

我和佑介是東陵大學醫學系的同學，因學號相近，入學之後就經常聊天，在實驗和實習時都在同一組。

佑介來自信州的醫生世家，從學生時代開始，渾身散發出一種獨特的氣質。不知道該說是厭世感，或者說是冷漠，總之他對醫學缺乏尊重。他在解剖實習時面不改色，在實際診察病人的臨床實習時，不像其他醫學系學生那樣緊張。他總是冷冰冰的，有時候甚至表現出認為大學醫院的治療根本沒有意義的態度。這種態度看起來像是對醫學的冒瀆，所以佑介在班上和其他人格格不入。

即使如此，我和佑介還是很合得來。我們一起去爵士咖啡店，好幾次在他的住處喝酒到天亮。

大學畢業，國家考試合格後，佑介進入神經內科，我進了腸胃外科的醫局。在忙碌的實習醫生生活期間，彼此很少有機會見面。第二年實習時，我們被各自醫局派去旗下的醫院後，幾乎沒有聯絡。

兩年後，我和交往多年的貴子結婚。她是國內線的空服員，雖然並不是超級大美女，不過是個性格開朗的居家型女人。我邀請一起進醫局的同事和學長參加婚禮，但並沒有邀請不同科的佑介。我想他和其他人在一起會很尷尬。

邀請佑介成為我們新居的第一位客人，就是為了彌補婚禮沒有邀請他，而且他不久之後打算回故鄉，所以我想介紹太太給他認識的同時，順便為他餞行。

貴子做了她拿手的冷拼盤和肉捲款待佑介，在為那天準備的第二瓶葡萄酒即將見底時，佑介和我心情都很愉悅。

當吃得差不多，聊得差不多時，貴子收拾碗盤，放進洗碗機。我把醉臉探向佑介問：

「怎麼樣？結婚不壞吧？等你回老家之後，趕快找個人結婚。」

這就叫皇帝不急，急死太監。佑介氣定神閒地說：

「我就不必了，反正我不會活太久。」

他的回答讓我感到好奇。他不是說「活不了很久」，而是說「不會活太久」，有一種命運的安排或是個人意志的感覺。

「為什麼？」

我產生不祥的感覺，忍不住問。佑介用餐巾擦拭嘴角，稍微嚴肅地回答：

「我之前沒有告訴過你，我們家族的醫生全都很早死。我爸爸四十九歲罹患胃癌死了，我祖父五十二歲時，在奧穗高失足墜谷死亡，叔公五十歲時在泡澡時溺死。他喝得爛醉如泥後泡澡，結果臉埋在浴缸裡，就這樣失去意識。」

以前讀書時，就曾經聽說他的家族中很多人都是醫生，原來都已經過世。雖然我覺得事情似乎不單純，但還是克制不住，問出內心的疑問。

「再怎麼爛醉如泥，快溺死時，應該會發現吧？」

「可能又剛好腦中風。」

「有解剖嗎？」

「沒有。是很久以前的事了，而且因為是醫生世家，警方似乎相信家人的說明。」

佑介輕輕冷笑一聲，喝完杯中的葡萄酒，然後用好像在說回老家日期般的輕鬆語氣說：

「所以，我覺得我也不會活太久，應該活不到五十五歲吧。」

我產生淒涼的感覺，感到不安。他身為醫生，為什麼說這種話？

「為什麼是五十五歲？」

「我曾祖父在五十五歲時死於酒精性肝硬化，最後在閉上眼睛前一刻，手還抖個不停。曾祖父是我們家族中第一個成為醫生的人，聽說他唯我獨尊，全家的事都由他說了算。」

「因為你的曾祖父在五十五歲去世，所以他的子孫也無法活過這個歲數嗎？這種詛咒還真自私任性。」

我故意岔開話題，佑介微醺的雙眼帶著嘲諷的眼神，撇著嘴角說：

「如果是詛咒，並不是我的曾祖父下的詛咒，而是被別人下的詛咒。」

「有什麼原因嗎？」

「曾祖父是一個有不少問題的人，一旦動怒，就會一發不可收拾。他經常動手打人，曾經把病人打到鼓膜破裂，還曾經為情緒激動的病人注射過量的鎮定劑，導致病人成為廢人。聽說遇到不遵守規定的病人，還曾經把病人丟在雪地，導致病人凍死。

總之做了很多在如今的年代，會成為刑事案件的事。」

「你的意思是說，病人的怨恨導致你們家族的醫生都早死嗎？如果是這樣，咒死你的曾祖父一個人不就好了嗎？」

「不，並不是只有曾祖父招致病人的怨恨。」

當他皺眉這麼說時，貴子端來甜點。抹茶冰淇淋旁放著柳丁和草莓點綴。

「這也是妳親手做的嗎？顏色真漂亮。」

佑介佩服地說，貴子動作熟練地遞上盤子。

「你要喝咖啡還是紅茶？」

「我要咖啡，黑咖啡。」

「老公，你也一樣吧？」

貴子輕輕微笑後，走回廚房。

「你太太不吃嗎？」

「她在控制甜食。對了，繼續剛才的話題，除了你曾祖父以外，還發生過什麼事？」

佑介以凝望遠方的眼神說：

「我的祖父是不同於曾祖父的另一種問題人物，不知道該說他太認真還是太老實……聽我爸爸說，祖父把曾祖父視為負面教材，所以成為一個性情溫和、為人誠懇的醫生。他是內科和小兒科醫生，但他太老實了，當治療不如預期時，他會說出一些根本不需要告訴病人的事，然後向對方道歉。他似乎認為只要據實以告，病人就能夠諒解，這是身為醫生的誠意，但有時候會遇到無法諒解的病人，甚至有病人對我祖父懷恨在心。」

「有哪些病人？」

「比方說，有一個失去女兒的母親。四歲的女兒在晚上氣喘發作，於是那個母親帶女兒來到祖父家中，希望可以為女兒治療。那天祖父剛好去參加醫生同業的聚會，喝了不少酒，但他仍然為那個女兒看診，診斷後說，不用擔心，明天再來醫院就好。沒想到那個女兒在黎明時分，重積性氣喘發作，來不及叫救護車就死了。如果當時安排住院，應該就可以避免這種情況發生。祖父說，自己喝醉，沒有做出適當判斷，向那位母親道歉，但那位母親無法接受。她還有一個剛出生不久的女兒，經常晚上哭鬧，導致她有點產後憂鬱症。她在大女兒死去的幾天之後，帶著小女兒一起來到醫院門口企圖自焚。雖然小女兒撿回一命，但那個母親死了……」

「真悲慘。你祖父不應該實話實說，向病人道歉。只要運用說話的技巧，完全可以哄騙病人。」

我聳著肩說道。佑介瞇起眼睛，似乎在責備我怎麼可以說這種話。我故意半開玩笑地接著說：

「如果病人真的有辦法詛咒，差不多有一半的醫生都會被咒死。」

「說不定真是這樣。我爸爸也是，並不是沒有招致病人怨恨的事。」

「連你爸爸都有問題嗎？」

我有點驚訝地問，佑介揚起學生時代般的冷笑：

「我爸爸是外科醫生，是專門治療消化道癌症的醫生，但過度的手術導致好幾名病患死亡。為了預防復發，他不必要地大面積切除周圍的器官，或是試圖切除所有轉移的癌細胞，進行不合理的手術。」

「但這並不屬於醫療疏失吧？或許結果不理想，但目的是為了根治癌症。」

「從醫生的角度來看，當然是這樣，但病患就會認為是醫療疏失，是在決定手術範圍時的判斷疏失。」

「如果是這樣，幾乎所有醫生都會遭到病人怨恨。」

「……是啊。」

佑介吃完甜點後微笑，雙眼像江戶時代活人偶般沒有感情。

貴子端著咖啡走過來。她似乎打算一起坐下來，準備了三杯咖啡。

「你們好像在聊什麼複雜的事。」

貴子歪著頭說，我簡單扼要地把土岐家族的事告訴她。為了避免她想得太嚴重，故意增加恐怖故事的色彩。

當我說完時，佑介語帶關心地對貴子說：

「妳應該不想聽病人的詛咒這種事。」

「不會啊，聽起來很有趣。」

貴子露出調皮的眼神看著我。

「開什麼玩笑！醫生被病人咒死簡直豈有此理！」我說。

「但是我們家族的醫生全都早死，這件事要怎麼解釋？你可千萬別說什麼只是巧合這種不符合科學的意見。」

「這……」我抱著雙臂思考，勉強擠出答案，「可以說你們家族是因遺傳的關係早逝嗎？可能DNA中有『早逝基因』之類的。」

「老公，你這麼說太失禮了。」

貴子戳戳我的側腰。

「不，並不會失禮，也許他說得對。」

「等一下，如果是遺傳，生病死亡還有可能，但和意外扯不上關係吧。你的祖父不是在奧穗高失足墜谷身亡嗎？而且即使是生病，他們分別是因肝硬化、胃癌和腦中風而死，死亡基因太分散，看來DNA說還是無法成立。」

我知道自己的話有所矛盾，反駁自己提出的可能性。

「沒這回事。」沒想到佑介反而支持我提出的可能性，「DNA還有很多未知的功能，不能用目前的概念解釋，而是要更加全方位思考。」

他停頓一下，看看貴子，又看看我，然後繼續說：

「雖然有點離題，聽說新幾內亞至今仍然有『黑色魔術』。根據一位日本醫生的記載，新幾內亞人得破傷風後，就會說是中了黑色魔術。如果他們不知道有破傷風菌的存在而說這種話，當然就很可笑，但他們知道有破傷風菌，明知道是細菌引起疾病，但仍然害怕黑色魔術。」

佑介說，所謂的黑色魔術，就是會讓人走進有破傷風菌的泥濘中，然後讓腳受傷。一旦中了黑色魔術，就會莫名其妙地做出這種行動。

「我們身上也有類似的行為。我們會想去某個地方，想吃什麼東西，但如果深入追究，其實並不瞭解產生這種想法的原因，只能說是基於這種想法，所以才會想去、想吃，也就是說，我們受到了神秘力量的操控。新幾內亞人知道這種力量的存在，稱之為黑色魔術，如果這種神秘力量就是DNA呢？」

被他突然這麼一問，我感到混亂，佑介繼續問道：

「如果真的有你所說的『早逝基因』，DNA會如何發揮作用？」

「DNA可能會用各種方法，讓當事人早逝。」

「沒錯，那就是『DNA行為支配論』。像是有些病人明明有糖尿病，卻無法戒掉甜食，有人罹患肺氣腫，卻戒不了菸。這並不是病人的意志薄弱，而是受到DNA的操控。我的曾祖父明知道自己罹患酒精性肝硬化，仍然沒有戒酒。我的祖父之前對運動完全沒有興趣，但在五十歲後突然開始爬山，而且不顧自己的實力，挑戰危險的山，最後就失足墜谷身亡。我爸爸是消化道癌症的專家，為什麼又死於胃癌？」

佑介越說越小聲，我露出了僵硬的笑容。

「你不要說得這麼可怕，如果這麼想，就會覺得所有的一切都是遭到DNA的操控。難道我和貴子結婚，也是DNA操控的嗎？」

「搞不好就是這樣，這個世界上應該有很多想要追求貴子的DNA，既然最後你雀屏中選，該好好感謝貴子的DNA。」

「對啊，幸好我的DNA沒有加入外貌協會。」

「什麼意思嘛。」

那天的談話就這樣結束了。

佑介應該並不是真的認為有所謂的「早逝DNA」，但他似乎確信，他們家族中的醫生都很短命這件事並非巧合。

不久之後，佑介就回到茅野市，進入位在鄰近原村的土岐紀念醫院工作。他在隔年寄來的賀年明信片中提到，他在鄉下醫院被當作打雜般使喚。

隔了三年，才又再次見到佑介。他主動打電話給我，說要來東京參加高齡醫學的學會，問我有沒有時間見面。我欣然答應，和他約在離學會會場不遠的六本木葡萄酒吧見面。

我們乾杯，點了生火腿和香煎白蘆筍後，我開口詢問他的近況。

「你是醫院創始人的家族成員之一，在醫院內應該很吃得開吧？」

「完全沒有這回事，我爸爸那個年代還不錯，現在醫院規模縮小，只有六名醫生，簡直把我當成打雜的。半年前開始，要我負責居家醫療部門，整天和老人打交道，忙得焦頭爛額。」

不知道是否因為難得來東京，心情很不錯的關係，佑介很健談。

「但是在鄉下的醫院，可以瞭解一些在都市看不到的事，或者可以說是病人的命運很不可思議。」

「哪些事？」

「比方說，有些病人覺得我們醫院太小，感到不放心，於是特地去松本或是名古屋的大學醫院接受治療，結果反而發生併發症，或是治療結果不如預期。有些病人沒有想那麼多，在我們醫院的破舊外科看病，聽從醫生的指示動手術，結果順利出院。雖然每個人都希望自己在好醫院接受治療，但無論接受怎樣的治療，治得好的病人就是治得好，治不好的病人，去哪裡都治不好。」

「的確是這樣。」我點頭回答後問：「學會的情況怎麼樣？」

「整天高來高去，說一些冠冕堂皇的話，真是受夠了。我不知道你是否知道，長野縣是日本首屈一指的長壽縣，醫療費用很低，被認為是高齡醫學的典範，但在居家醫療時，我整天聽到老人對年老這件事的嘆息。只有那些還沒有活到被認為是長壽年紀的人，才會覺得長壽是值得慶祝的事，那些長壽的老人都活得不耐煩了。」

面對佑介一流的嘲諷，我忍不住苦笑起來，他面不改色地繼續說道：

「持續送走各種病人後，很自然地會考慮自己臨終的問題。看到那些在居家醫療中並沒有接受特別的治療，在家中自然死亡的病人，就覺得那種死法很不錯，比起那種渾身插滿管子，靠儀器勉強多活一天是一天的死法輕鬆多了。」

「嗯，也許是這樣……」

雖然我點點頭，但並不是完全同意。

如果不需要任何治療，只是送病人離開人世，根本不需要醫生。我希望為病人治病，相信可以盡力治療。或許這麼說有點狂妄，但至今為止，我的確靠手術拯救了許多病人。

但我也無法認同那些大肆稱讚現代醫療的醫生，醫學還有許多未知的部分，這種時候，想到佑介的悲觀論，就會感到不安。他總是對醫療抱有否定的態度，會不會是因為代代都是醫生世家的關係？說不定佑介看到我無法瞭解的、醫療的黑暗面。

不遠處的座位傳來歡呼聲。牆上的液晶電視正在播放足球比賽。

「我記得你在高中時參加足球隊。」我看著電視螢幕問，試圖轉換心情，「你是踢哪一個位置？」

「守門員。」

「球隊的守護神嗎？」

我開玩笑問道。佑介慵懶地喝完杯中的酒，用慣有的冷笑表情笑了笑說：

「守門員是守護神這種話，只有觀眾會這麼說，但實際在場上的壓力超大。我之所以想成為守門員，是因為很刺激。只要足球進入自己身後一公分的位置，就馬上失分了。足球中的一分舉足輕重，守門員在整場比賽中，就像是一直站在懸崖峭壁上。」

服務生眼尖地走過來，為佑介倒酒。佑介用眼神向他道謝後，繼續緩緩說道：

「在比賽時，我經常站在球門線上，看著自己的腳。我覺得白線後方就像是死亡的世界，雖然是同一片地面，但只要足球進入球門線後方，後果就不堪設想。其他選手在還有退路的場上輕鬆踢球，但守門員站在生死的交界線上，隨時沉浸在恐懼和某種優越感之中，就像是將死之人對健康的人所產生的一種哀傷的恍惚。」

「什麼嘛。」

佑介即使在運動時，仍沉浸在哲學的世界中。

我們還沒有點主菜，不過兩個人都飽了，第二瓶紅酒只剩不到一半。

話題中斷時，我搖搖晃晃地靠近原本想要避開的話題。

「對了，你上次來我家時聊到的那件事。」

「嗯。」

佑介不經意地移開視線。雖然還來得及改變話題，但我就像是被燭火吸引的飛蛾，被這個話題吸引過去。

「就是你說你活不了很久這件事，你們家族的醫生全都英年早逝的衰運還在延續嗎？」

「衰運……」

佑介托著腮，淡淡一笑。

正當我差一點以為原來之前只是他在胡扯時，他用好像在報告什麼好消息的語氣說：

「託你的福，目前仍然延續。我叔叔上個月死了，正確地說，他其實是我爸爸的堂弟，五十二歲，突然死亡。」

我覺得好像有一股冷風吹過這家店。

「你的堂叔也是醫生嗎？」

「對，在諏訪湖畔開了一家診所。」

「是……病故嗎？」

「雖然是生病，但有點不尋常。他去世當天的中午之前，像往常一樣為病人看病，中午休診時，他去諏訪湖畔的公園散步，結果在那裡咯血身亡。解剖之後，發現他罹患肺癌，由於血管浸潤，導致肺動脈破裂。」

「之前沒有診斷出他罹患肺癌嗎？」

「我不瞭解詳細的情況。」

「但他臨死之前，不是還在工作嗎？他身為醫師，癌症已經惡化到這種程度，自己竟然沒有發現，其中一定有什麼問題。」

我莫名感到憤怒，不禁大聲說道。他無法發現自己生病，卻有辦法正確診斷病人的疾病嗎？

佑介無視我的發言，冷冷地嘀咕說：

「即使是醫生，該死的時候還是會死。」

「但這不是關係到信任問題嗎？」

「不能因為醫生是專家就相信醫生，你對自己這麼有自信嗎？」

這句話就像是無形的拳頭，打在我的胸口。這個世界上有哪一個醫生能夠斷言，身為醫生，絕對不可能沒發現自己的疾病？我立刻領悟了佑介想要表達的意思，如果醫生絕對能發現自己的疾病，意味著所有醫生在罹患癌症時都能夠在早期發現，不可能有醫生因癌症死亡……

「難道你要說，你的堂叔也是受到DNA的支配嗎？」

雖然明知道很荒唐，但我無法不確認佑介的想法。佑介既沒有表示肯定，也沒有否定，只是淡淡一笑。我提出之前想到的反論。

「你上次說的『DNA行為支配論』，不是和理察．道金斯的《自私的基因》相矛盾嗎？」

「為什麼？」

「基因不是會朝向對自己生存有利的方向進化嗎？『早死基因』違反自己的生存，會被自私的基因淘汰。」

「沒這回事。」

已經喝醉的佑介微張著眼睛，從容不迫地笑著。「『自私的基因』指的是物種的延續，只要完成複製，即使個體毀滅也完全沒有問題。相反地，如果知道剩下的時間充滿痛苦，採取避免這種情況發生的行為，不是就很自私利己嗎？既然追求幸福是自私利己，避免痛苦一樣是自私利己。」

我有點困惑和不安，佑介拿起杯子，似乎想要充分享受最後一杯黑皮諾。然後瞇起眼睛嘟噥說：

「如果有朝一日，你來參加我的葬禮，到時候請為我祝福。」

佑介那次說很久沒有見面，問我有沒有空見面，是不是想要告訴我，他的堂叔在上個月猝死的事？

他是不是一臉若無其事地將話題引導向死亡，然後告訴我土岐家族早逝命運的新事證？

他是不是為了向我暗示自己在不久的將來，將會面對死亡？

✦

之後，我因醫局的人事調動，被調往世田谷醫療中心擔任外科主任。貴子透過函授課程，考取圖書館管理員的證照，在成城的短期大學圖書館上班。

去年十月二十三日星期天的晚上，接到佑介來電。

「我看到讀日新聞的報導，你太厲害了。」

我的一篇關於胃癌手術的論文在日本外科學會受到高度肯定，所以今天讀日新聞的「潮流中的人」專欄報導我。以前一旦罹患賁門癌，就必須切除整個胃，我運用縮小手術，開發出只要切除三分之一的手術方式。

「胃癌的手術自十九世紀的畢羅氏手術法之後就幾乎沒有改變，這是一百三十年來的改良。」

佑介語帶興奮地稱讚道，我口沫橫飛地聊了療效的甘苦之後，問及他的近況，他略帶害羞地回答說：

「我終於交到了女朋友。」

「那才真是太厲害了！你是在哪裡認識她的？」

我迫不及待地問，沒想到佑介問了我一個陌生的名字。

「你知道一個名叫久坂葉子的作家嗎？她是川崎造船廠創始人的曾孫女，也是男爵家的千金小姐，戰後不久，以十九歲的年紀入圍芥川獎，兩年後在神戶跳軌自殺，是一位傳奇作家。」

佑介說，他之前就很喜歡這位作家，有時候會在網路上搜尋有關這位作家的內容，然後發現一個奇特的網站。

「那個部落格的格主似乎同樣是久坂葉子的書迷，會在部落格中寫『今天又活了下來』這種文字。你不覺得有死亡的暗示嗎？除此以外，還有其他好像在美化死亡的文字，就連上傳的照片都很陰沉。」

那個人是否一樣深受死亡吸引？當我這麼懷疑時，佑介似乎察覺我的想法，改變語氣說：

「看到有人在網路上肆無忌憚地開死亡的玩笑，我覺得很火大，就想去調侃她一下。我留言說『如果有什麼理由死亡，那無可奈何，但為賦新詞強說愁，找理由尋死的行為不可原諒』，結果她回覆了我。在互通幾次電子郵件後，我發現她的自殺願望似乎是真的。」

「你認識那樣的人沒問題嗎？」

「別擔心，她是護理師，有專業知識，而且我們年紀相差很多。」

我是在當時得知對方名叫志村響子，二十八歲，在松本市內的一家私人診所工作。

「她是不是有憂鬱症，才會想死？」

「憂鬱症病人不可能像她那麼活力充沛。她能夠確實完成診所的工作，和她見面聊天時，也神情開朗。聽說她曾經去看過精神科，醫生診斷她有輕鬱症。」

我是外科醫生，不是很瞭解精神科的疾病。聽佑介說，輕鬱症沒有憂鬱症那麼嚴重，但輕度的憂鬱狀態持續超過兩年就稱為輕鬱症。這種疾病和性格有密切的關係，無法靠服用抗憂鬱的藥改善。佑介說，她天生就有所謂的「趨死性」。

「就好像昆蟲會被光吸引，她有莫名地深受死亡吸引的傾向。站在高樓的窗邊，就會想要一躍而下，或是在高速公路遇到彎道時，會想到如果不轉動方向盤，就可以直接撞上去。」

「果然很危險啊。」

「可能吧，聽她說這些事時，我覺得她和我很像，和她很有共鳴，同時有一種難以言喻的不快感。雖然我自己對死亡有親和性，但從別人身上客觀瞭解到這件事，反而會讓我感到很不舒服。如果她就這樣死了，我一定會感到很焦慮，所以我想要壓制她對死亡的衝動。我並不是基於必須尊重生命，或是活著很美好這種迂腐的理由，而是基於更加難以形容的感情想要阻止響子。」

聽到佑介帶著辯解的語氣，我暗自感到鬆了一口氣。他會找藉口，就代表他喜歡對方。只要有喜歡的女人，就可以減少走向死亡的危險性。

「反正你交到女朋友了，簡直是前所未聞的奇事，必須好好慶祝。要不要找貴子一起，我們四個人見面？」

佑介聽到我的邀約，難得輕鬆回答說：「好啊。」我從他的聲音中感受到快活，更加深前一刻產生的確信。

掛上電話後，我搜尋志村響子的部落格。用從佑介說的幾個關鍵字搜尋後，很快就找到。部落格上有一張小照片，只看得出她是一個戴著墨鏡的長髮女人。

點開自我介紹欄，上面寫著「信州一家小診所的護～理～師」。我忍不住發出苦笑，覺得的確不像是憂鬱症的人，但點開部落格後，看到奇特的內容。

『每天會閃過，三十次想死的念頭。』

『想要逝去，虛無世界。沒有歡樂，沒有哀愁，一無所有的世界。虛無是平等。』部落格的文字的確有強烈的死亡傾向，但同時有點自我陶醉。可能正因如此，造成佑介不舒服。既然他將自己投射在她身上，還產生厭惡感，就代表他仍然保有些許的正確心態。

之後，我們用電子郵件聯絡多次，協調四個人見面的日期。因為我們都在上班，最後決定在新年假期時，去長野縣富士見町的富士見全景度假村去滑雪。佑介為我們訂了蓼科高原的民宿。

我們清晨出門，搭「超級梓1號」抵達小淵澤後，佑介載著響子，開一輛黑色Land Rover來車站接我們。第一次見到她，她一身白色滑雪裝，戴著一副很大的墨鏡，但在向我們打招呼時拿下墨鏡。她的眼妝化得很漂亮，雖然沒有斜視，但左右眼有點無法聚焦，不知道她到底在看哪裡。

「她是深度近視，而且角膜過敏，無法戴隱形眼鏡，所以不好意思，今天只能戴有度數的墨鏡。」

佑介替她向我們說明這些情況，響子低下頭，再度戴上漆黑的墨鏡。

開車從小淵澤到富士見全景度假村大約三十分鐘，貴子和我租了一整套滑雪用品，佑介帶著雙板的滑雪板，響子帶著單板滑雪板一起排隊搭纜車。

在中央練習場小試身手兩次後，我們搭上可以一口氣抵達三公里長滑雪道頂端的纜車。

「響子，妳也是長野人嗎？」貴子問。

「嗯，我是在茅野出生，但是在安曇野長大。」響子說了一個信州的地名。

「難怪妳單板滑雪滑得這麼好，感覺妳從小就很會滑雪。」

「沒有沒有，我體重太輕，遇到陡坡時，滑雪板很容易飄起來。」

「對啊，響子剛認識我的時候，有點拒食症，整個人就像根牙籤。」

佑介插嘴說，響子嘟起嘴說：「你好過分。」她看起來很開朗，完全不像是有精神方面問題的人，只是戴了那副讓人完全看不到眼睛的墨鏡，要說異樣的話，的確有點異樣。

我們提早吃午餐，來到沒有太多人排隊的纜車站，四個人順利霸佔一輛纜車。纜車車廂的門關上後，響子用開朗的聲音說：「太幸運了。」

「人生就是要在能享受時好好享受。」

佑介嘟囔著。響子斜斜地抬頭看著他，深深點點頭。

當纜線角度改變，雄偉的八岳出現在後方時，佑介好像突然想起般對我說：

「上次在東京見面時，我不是告訴你，我堂叔得肺癌死了嗎？就是在去世當天仍然在看診，然後突然咯血身亡的堂叔。」

「嗯嗯。」

「你當時很懷疑，堂叔為什麼沒有發現自己罹患癌症，但他其實好像知道。事後問過診所的護理師，他在電子病歷中，為所有病人寫好轉診單，而且還準備了代替離職金的禮金，裝在信封裡，要給所有員工。他似乎知道自己死期已近，就事先做好這些準備。」

「既然這樣，他為什麼沒有接受檢查和治療呢？」

「可能覺得這樣就可以順利死去。」

「什麼意思？」

「簡單地說，就是把握了死去的機會。」

佑介用他一貫的嘲諷語氣說話，我有點掃興。佑介蹺著二郎腿，靠在響子肩上繼續說：

「堂叔也是土岐家族成員，可能他發現了自己早死的命運，覺得與其追求長壽，還不如在適當的時候結束人生。他經常說，不應該不自然地延續生命。」

「這太奇怪了，醫生的工作不就是延續病人的生命嗎？」

「所以面對能夠治好的病，當然要積極治療。」

佑介的意見讓我陷入混亂。

「既然這樣，你堂叔的肺癌也應該接受治療。」

「不，堂叔對目前的癌症醫療存疑。手術和抗癌劑會讓病患陷入悲慘的狀態，或是副作用反而可能縮短病人的壽命。當面對這些事實，當然會對治療產生懷疑。」

的確有這種情況，但也可能救活病人。難道他的堂叔無視這種情況，完全放棄檢查和治療嗎？

佑介不理會我的困惑，若無其事地繼續說道：

「雖然很多人都厭惡癌症，但其實並不完全是壞事。罹患癌症不會像心肌梗塞或是蜘蛛膜下腔出血那樣猝死，造成周圍人的困擾，可以有適當的時間整理自己的人生，慢慢走向死亡。不是比花費好幾年的時間衰老致死，或是臨死都要靠儀器維生的不治之症之類的好多了嗎？而且只要能夠抑制疼痛，癌症的死亡並不會痛苦。」

「但是，身為醫生，不是有義務持續為病人治療，直到最後一刻，都不放棄任何希望嗎？」

佑介聽了我的辯駁，以嘲諷的笑容反駁說：

「你和我媽說相同的話，但是你是否曾經想過，你的這種希望，曾經造成多少悲劇嗎？」

佑介激動地繼續說道：

「年輕醫生都會拚命努力救病人，他們無法擺脫醫療有益的幻想。經過一次又一次慘痛的失敗，等上了年紀之後，才不得不承認醫療的無力。然而，這種經驗很難傳承下去，這就像是失敗宣言，所以新一批的年輕醫生又會一頭栽進醫療幻想。幸好我從小就近距離觀察到醫療的極限，在無意識中瞭解到，不能因為醫療的傲慢折磨病人，我不會勉強治療。」

「我認為土岐醫生說的話也有道理。」貴子插嘴說，似乎想避免氣氛變得太緊張。「醫療的確並非萬能，經常聽人說，沒有意義的維生醫療並非上策。比起不自然的長壽，我更希望在有限的壽命中活得更精采。」

「手島太太，妳太厲害了，這正是我想表達的意思。」

佑介打了一個響指，似乎表示同意貴子的意見。

貴子親切一笑，我內心卻產生反彈，同時有一種寂寥。疾病治不好的時候，不必勉強治療或許是正確的做法，但那是年邁醫生的想法。難道這就是土岐家好幾代行醫得出的結論嗎？想起他們家族的醫生都英年早逝的事實，令我感到不安。

這時，響子突然張嘴發出笑聲。

「啊哈哈哈，手島醫生，你不必想得太嚴肅。我經常被他這樣修理。只要和他意見不合，他就會用一大堆道理展開攻擊。土岐醫生這個人真的超討厭。」

她繼續放聲大笑，似乎覺得這是年輕人的特權。佑介眉開眼笑地看著她。

貴子以困惑的眼神看著我。纜車滑進山頂的車站，我走下纜車，來到月台上時，覺得有點搞不清楚是什麼狀況。

我們滑雪到傍晚，去附近的露天溫泉「水神湯」療癒滑雪的疲勞，然後去蓼科高原的民宿。佑介和響子也預約在那裡和我們一起吃晚餐。

辦理完入住手續，很快到了晚餐時間。小木屋風格的寬敞餐廳內，一個蓋著圓蓋的柴火大火爐燃燒著，我們四個人在餐桌旁坐下，背景是很有高原特色的音樂盒音樂。

「我是不是該把墨鏡拿下來？」

響子小聲問佑介。她似乎覺得吃晚餐戴著墨鏡不太妥當。

「妳沒有戴眼鏡來嗎？」

佑介有點不悅，貴子揮著右手說：

「沒關係，妳不必在意。剛才在泡湯時，我已經充分瞭解到，妳的確沒辦法不戴眼鏡。」

貴子說，在泡露天溫泉時，響子拿下墨鏡，貴子必須牽著她的手走路。

料理是正統的法國料理，侍酒師提供的葡萄酒種類很豐富。回程的時候似乎由響子開車，所以佑介也和我們一起喝。

「志村小姐，妳其實個性很開朗。妳在部落格上的文字都很可怕，我原本還有點擔心。」

我輕鬆地揶揄道。響子有點緊張，戴著墨鏡的她低下頭。我忍不住著急起來，以為自己說錯話。響子突然抬起頭，就像下午在纜車上時一樣放聲大笑起來。

「啊哈哈哈，手島醫生，你好討厭。你什麼時候看了我的部落格？我已經關閉了啊。」

「聽佑介告訴我妳的事的時候，稍微看了一下。」

「他是怎麼說我？」

她調皮地瞪著佑介。

「我什麼都沒說啊，只是告訴好朋友，我終於交到女朋友了，對不對？」

佑介徵求我的同意，我點點頭。響子見狀，又開始笑。

「反正你一定說我是個奇怪的女人。沒關係，我已經習慣了。」

貴子正想改變話題，響子壓低聲音繼續說道：

「我可能是因為遺傳的關係，才會整天想死。」

「我說過了，並不是這樣。」

佑介語氣強烈地否定。響子無視佑介，看著我和貴子說：

「其實我媽媽和外婆都是自殺死的。外婆是在我出生之前自殺，我不太瞭解情況，我媽媽是在我讀中學的時候自殺。我媽媽的成長過程有點複雜，外婆很早就死了，媽媽是由她的阿姨帶大的。現在回想起來，我媽媽可能有憂鬱症，但媽媽很討厭醫院，說她絕對不要去看醫生，最後結束了自己的生命，一直以來我都用正面的態度看待我媽媽的自殺。」

她說話的語氣很平靜，甚至讓人不敢輕易附和，難以想像她前一刻的放聲大笑。

「如果我否定自殺，我媽媽不是太可憐了嗎？我相信我媽媽一定很痛苦。雖然很多人對自殺的看法很負面，但我認為這是一種選擇。我覺得不能只看結果，就否定自殺。那是我媽媽努力生活的方式，所以我想對她說，她已經很努力了。」

「響子，妳經常這麼說，我認為這種想法很正確。」

佑介表示贊同，響子轉頭看著他，點點頭。

甜點的水果焦糖布丁送上來。響子改變聲調說：「看起來好好吃。」然後用湯匙舀起了微焦的布丁。

「但是我現在不想死，因為我遇到了值得信賴的人。」

她用舌頭舔舔嘴角，對佑介微笑。墨鏡反射著蠟燭搖曳的火光。

「對啊，活著才能享受這麼美味的甜點。」

貴子說。我放鬆繃緊的肩膀笑了。但是佑介神情並沒有放鬆，他觀察著響子。響子在轉眼之間就吃完布丁，開心地說：

「我之所以信賴土岐醫生，是因為他很嚴格。第一次見面的時候，他對我發脾氣說，妳明明不想死，別拿死亡開玩笑，我差一點想死給他看。但是當我說出內心的想法反駁他時，他接受了我的想法，於是我知道，他是認真為我著想。」

「只是剛好變成這樣的結果而已。」
佑介難得害羞起來。響子樂在其中地繼續說道：
「其實我現在偶爾還是有想死的衝動，但他教我一個好方法。當『想死』的信號出現時，告訴自己這是大腦的失誤，只要刪除就好，我現在都這麼做。大腦並不是隨時都正常運作。」
「這個說明太貼切了。」
我對佑介露出佩服的表情，然後對貴子說：
「情緒失控，或是染上壞習慣，還有明知道會有不好的結果，但仍然堅持這麼做，這些行為可能都是大腦的失誤。」
「是啊，你經常失誤，所以要小心點。」
「妳也太過分了。」
我苦笑著說，其他三個人都笑了起來。

✦

那一天，佑介應該對活下去抱著積極的態度。他真心關心響子，也很愛她。也許最初是對她的死亡衝動產生興趣，但在不知不覺中，發自內心愛上她。

在那之後的短短兩個月期間，到底發生了怎樣的變化？

✦

特急「超級梓11號」在中午十二點零四分抵達茅野。

我走出東側出口，在圓環搭上計程車，對計程車司機說：「我要去茅野殯儀館。」計程車沿著市公所前的馬路向北駛去。司機說，大約十分鐘左右就可以到。我應該可以在告別式開始之前提早到，如果拜託他的家人，也許可以見佑介最後一面。

正前方是蓼科山，計程車沿著河邊的道路行駛一段路，來到一棟看起來像小型美術館的建築物前。我下了計程車，脫下風衣，走進不鏽鋼的冰冷自動門。

大廳內人影稀疏，接待處還沒有人。我打量周圍，一個男人似乎看到我，快步向我走來。

「我姓手島，是佑介的大學同學。」我自我介紹後，男人說聲：「請稍候。」快步走向後方。

不一會兒，一個身穿黑羽二重正裝和服的初老婦人從家屬休息室出來。她應該就是佑介之前向我提過，讓他感到有點傷腦筋的母親。婦人的眼神看起來的確很神經質，也很頑固。一個長得和佑介很像的男人跟在她身後。

「我是佑介的母親信美，這是他哥哥信介。謝謝你今天特地遠道而來參加佑介的葬禮。」

她語氣堅強地說完，深深鞠躬。他們母子兩人都沉浸在悲傷中，但看起來帶著憤怒。他們應該痛恨佑介這麼早就離開人世。我告訴他們，我是佑介大學時代的朋友，兩個月前還一起去滑雪。佑介的母親從和服腰帶中拿出手帕，掩著嘴說：

「可以請你去向佑介最後道別嗎？我相信他一定會感到欣慰。」

我表情嚴肅地鞠躬，佑介的哥哥信介為我帶路。

禮廳內排放著大約兩百張椅子，但目前還沒有人，靜悄悄的。前方設置了一個豪華的祭壇。我走在佑介的哥哥身後，冷靜地思考著。佑介在死後三天才被人發現，他的母親主動要求我向他道別，顯然屍體的外觀並不會太難看，意即並沒有嚴重腐爛。

棺材蓋著白布，肩膀以上的位置有一道對開的小門。佑介的哥哥握著把手，緩緩把小門打開。

「請。」

我繃緊神經，探頭向小門內望。被白色綢緞包圍的佑介雖然面無血色，但容貌和生前幾乎沒有差別，靜靜地閉著眼睛。我首先從醫生的角度觀察他的臉。並沒有異常的瘀血、浮腫或是疹子，沒有藥物中毒、窒息或是吐血的痕跡。只觀察臉部，無法得到太多資訊，似乎看不出端倪。正當我腦海閃過這個念頭之際，想起佑介生前的聲音，淚水不禁在眼眶中打轉。

「佑介……你、為什麼……？」

我捂著嘴。佑介的哥哥站在我身後，對著遺體說：「佑介，手島醫生來看你，你一定很高興。」淚水模糊我的視野，即使繼續觀察遺體，恐怕也看不出任何跡象。

「謝謝。」

我鞠躬後退，他的哥哥吸吸鼻子，關上棺材的小門。

走向禮廳出口時，我從佑介哥哥的舉手投足中，猜想他可能同是醫生，於是問他：「請問您也是醫生嗎？」

「是的，我在大阪讀大學，目前在吹田市民醫院的胸腔外科任職。」

佑介的哥哥看起來四十歲左右，他也有早死的命運嗎？

「請問你對佑介的死因有什麼頭緒嗎？我們一月一起去滑雪時，他還好好的。」

佑介的哥哥聽到我的問題，停下腳步，轉頭看著我時，表情複雜。

「我也不清楚，但聽警察說，弟弟躺在沙發上斷氣。感覺像是在沙發上躺一下，然後就睡著了……桌上還留著餐盤，喝了一罐啤酒。房間內並沒有任何翻動的痕跡，房間的門上鎖，因此警方認為並非他殺。」

「聽說佑介去世時流了很多汗。」

佑介的哥哥露出疑惑的眼神，似乎納悶我怎麼會知道這件事，但隨即放鬆。

「聽說襯衫和代替枕頭的抱枕上都留下汗漬。」
「是因為房間內的暖氣開得太強了嗎？」
「不，發現他的時候，房間內並沒有開暖氣，因此室溫很低，腐爛情況也沒有很嚴重。」
既然這樣，為什麼會流汗？雖然我心懷疑問，但即使問他哥哥也無濟於事，我只好把問題吞下。如果不是因氣溫太高而流汗，那就是精神狀態造成流汗、冒冷汗，或是緊張造成流汗。佑介在死前看到了什麼可怕的東西嗎？
他的哥哥低著頭，似乎在思考該不該說。片刻之後，他下定決心，抬起頭。
「驗屍的法醫很熱心，很仔細地檢查弟弟的身體。雖然外表並沒有太大的問題，但右手肘的靜脈有注射的痕跡。」
「注射的痕跡？佑介在靜脈中注射了什麼嗎？」
「不知道，他的房間內並沒有找到注射器或是藥物，但法醫覺得有點奇怪，為了謹慎起見，採集了他的血液。」
「死後三天還能夠採集到血液嗎？」
「無法從血管中採集，進行了心臟穿刺。法醫是在市區的開業醫生，我去警察局之後，又到他的醫院瞭解情況。」
佑介的哥哥似乎決定把他知道的所有情況，都告訴我這個千里迢迢趕來為佑介送行的老同學。據他的哥哥說，法醫用驗屍時攜帶的簡易藥物檢驗套組，當場為佑介驗血，結果出現輕微的酒精和安眠藥的反應，但並不是會導致酩酊大醉的濃度，安眠藥的劑量雖然比正常用量稍高，但並不是懷疑可能是自殺的劑量。基於這些情況，雖然留下一些疑問，但最後還是判斷並非人為因素致死。

「沒有進行詳細的血液檢查嗎？」

「法醫帶走了樣本，交給相關檢驗單位。但距離死亡已三天，已經有溶血現象，應該還有肝功能的酵素。血糖很低，只不過這同樣是很常見的死後變化。」

「既然這樣，注射痕跡到底是怎麼回事？」

「可能剛好在醫院抽血，也可能注射了什麼，或是打了點滴，總之沒有發現任何線索。」

佑介的哥哥說完，轉身走向出口，似乎表示已經說完了他所瞭解的所有情況。我看著他的背影思考。佑介習慣用右手，不可能在自己的右手臂上注射。如果他生前曾經抽血做檢查，醫院應該有檢查的結果。如果注射什麼藥物，顯然有人為他注射。到底是誰？又為他注射了什麼？

還有一件令我在意的事，那就是安眠藥。雖然劑量不足以用來自殺，但有人會在吃飯前後吃安眠藥嗎？而且在吃晚餐後自殺這件事也很不自然，吃完晚餐的餐盤都沒有洗，不像是佑介做事的方式。

但是，房門鎖著，室內沒有翻動的痕跡，佑介身上沒有外傷，只能認為是生病死亡嗎？

我百思不得其解，回到大廳時，發現已經有很多前來弔唁的人，終於瞭解禮廳內為什麼有那麼多椅子。

我不經意打量四周時，聽到旁邊有人叫我「手島醫生」。原來是響子。她仍然戴著墨鏡，剪了一頭極短的鮑伯頭。在外國的葬禮上，經常可以看到女人戴上墨鏡遮住眼睛，但在日本還是很引人注目，而且她的髮型很大膽。

「志村小姐，妳的頭髮……」

「謝謝你今天特地來這裡。我昨天去剪了頭髮。」

是為了克服佑介的死亡嗎？還是有什麼重大的心境變化？我不經意地觀察著響子的舉動，發現她看起來神清氣爽，內心不禁不安起來。

「我前天打電話給妳時，陪在妳身旁的護理師呢？」

「她沒有來，她並不認識土岐醫生。」

既然這樣，響子今天晚上並沒有人陪。

「志村小姐，在葬禮結束之後，妳有時間嗎？」

「有啊。」

確認這件事後，我們聊了一些無關緊要的話題。

葬禮開始後，禮廳內幾乎座無虛席。響子臉頰發紅，有點心神不寧地東張西望。誦經結束後，土岐紀念醫院的院長致詞弔唁，禮廳內到處傳來啜泣聲。

在等待上香時，我小聲對響子說：

「佑介以前曾經對我說，如果有朝一日，我來參加他的葬禮，請為他祝福，我完全沒有這種心情。」

響子聽了，淡淡微笑。

上完香之後，等在禮廳外。不一會兒，棺材送上靈車。靈車按著喇叭，緩緩駛向火葬場。

「土岐醫生離開了。」

響子的情緒始終很激動，好像躁症病患般心神不寧。

「要不要找一個地方喝咖啡？」

我提出邀請，她說：「附近有一個不錯的地方。」然後快步走向停車場。她從松本開車來這裡，坐上她的灰色March後，她往和車站相反方向行駛一小段路，把車子停在一家有紅磚煙囪，看起來像別墅的咖啡店。

「我曾經和土岐醫生來過這裡。」她在說話的同時，推開裝設牛鈴的門。店內沒什麼客人，即使穿著喪服，似乎也不必太在意。我們坐在後方的座位，都點了綜合咖啡。

不知道響子此刻是怎樣的心情？雖然我不瞭解她的精神狀況，但我鼓起勇氣，直截了當地問：

「志村小姐，我就直說了。佑介去世後，妳在精神方面能夠承受這樣的打擊嗎？我之前曾經看過妳部落格的文字，佑介曾經向我提過很多關於妳的情況，我很擔心妳是否會想不開。」

我無法看到戴著墨鏡的她眼神如何，我繼續追問道：

「妳說昨天去剪了頭髮，我總覺得妳看起來格外神清氣爽，妳該不會打算跟著佑介……」

我說到這裡，響子突然彎腰笑了。就是之前去滑雪時，曾經見識過的輕浮笑法。

我感到手足無措，響子調整呼吸後說：

「手島醫生，對不起。謝謝你為我擔心，但是你多慮了。」

響子周圍的空氣改變，好像原本附在她身上的東西已經離開。她表情輕鬆，喝了一口黑咖啡後娓娓而談。

「我對土岐醫生的感情並沒有那麼深。遇見他之後，我們聊了很多，和他在一起很開心，讓我受益良多，但並不是只有他傾聽我的煩惱而已。手島醫生，你知道土岐醫生的煩惱嗎？」

「佑介的煩惱？不……」

「你和土岐醫生是好朋友，我就告訴你。他無法像正常人一樣，他的身體、沒辦法完成、那個。」

響子低頭看著咖啡，臉頰變紅。

「無法像正常人一樣？」

「我的意思是，我和他之間並沒有深入的關係。土岐醫生為這件事感到煩惱，但他自尊心很強，無法坦誠面對這件事，總是說一些蔑視性愛的話，但又為自己的性無能陷入自我厭惡……雖然我也曾經努力過，但還是無能為力。我對他說，會耐心等待他自然改善，但他反而更加沮喪。」

我說不出話，響子抬起頭，嘴角浮起殘酷的笑容說：

「所以，我或許不該說這種話，但土岐醫生現在或許鬆了一口氣。你剛才告訴我的事，就是土岐醫生說，希望你在他的葬禮上祝福他，搞不好是他的真心話。」

我完全不知道，佑介竟然有這種煩惱。他在讀醫學系時，就好像刻意和女生保持距離，難道是因為這樣？他是因醫學無法治好他的性無能而感到絕望，所以才會深受死亡吸引，經常說一些否定醫療的話嗎？

身為朋友，竟然不瞭解他真正的煩惱。我為自己的愚蠢感到羞恥。

「這麼說，妳剪頭髮並不是下定什麼決心嗎？」

「並不是下定決心，而是為了了斷和土岐醫生之間的回憶。」

如果是這樣，就沒什麼好擔心了。原本打算告訴她土岐家族內醫生的命運，沒想到反而得知了意想不到的秘密。

我瞥了一眼牆上的時鐘，響子敏銳地捕捉到我的眼神問：

「你回程的電車是幾點？」

「還沒有決定，但我差不多該走了。」

我拿起帳單起身，響子帶著淘氣的笑容說：「謝謝。」

響子送我到茅野車站。我在圓環下車向她道別後，邁著沉重的步伐走向人行陸橋的階梯。

聽了響子所說明的情況，我認為佑介很可能是自殺。即使看起來像是病死或是意外，但歸根究柢，應該是他對死亡的意志發揮作用。

雖然離傍晚還有一段時間，但天色昏暗，寒冷的風吹過空蕩蕩的月台。

✦

參加佑介的告別式回來的第三天，我收到一封信。郵戳上的日期是前天，寄信人是志村響子。

用時下難得一見的娟秀鋼筆字寫的內容如下：

『拜啟。

昨天你千里迢迢趕來參加土岐醫生的葬禮，萬分感謝。

得知你和土岐醫生之間的友情，我深受感動。葬禮結束後去咖啡店時，承蒙你的關心，讓我不知該如何表達感謝。

新年去滑雪和在民宿吃法國料理的那一天，真的很開心。你太太真的很出色，為我帶來寶貴的回憶。

承蒙你如此盛情相待，我必須向你報告一些事。

首先從最近的事說起。

昨天在咖啡店時，我說了謊。就是關於土岐醫生性無能的事，雖然他並不是完全沒有問題，但他很愛我。為了他的名譽，我必須為他澄清。

我之所以說謊，是因為我認為如果不這麼說，你就會洞悉我內心的想法，妨礙我之後的行為。

昨天你說我「看起來格外神清氣爽」。也許是由於我心意已堅，才讓你產生這樣的感覺。其實在土岐醫生離開人世的那一刻，我已經無法回頭了。

當內心產生死亡的衝動時，我的眼睛周圍會泛紅，我不希望被別人發現，才會戴那麼大的墨鏡。平日上班時會專心工作，很少泛紅（我在醫院時戴普通的眼鏡），但和土岐醫生見面時，就會無法克制這種心情。我曾經對土岐醫生說，是因輕鬱症引起精神性的泛紅，他後來似乎察覺到真相。

遇見土岐醫生後，我的這種衝動越來越強烈。因為我和醫生的邂逅並非巧合，而是有著會讓人認為是命運安排的緣由。

去滑雪的那天晚上，我曾經提到我媽媽和外婆自殺的事。我媽媽精神狀態不穩定，我認為這情有可原。我媽媽有一個姊姊，在媽媽出生後不久，她的姊姊就死了。死的時候才四歲，我媽媽的媽媽，也就是外婆痛不欲生，帶著還是嬰兒的我媽媽，企圖自焚自殺。外婆死了，媽媽雖然大面積燒傷，但總算活下來。

聽說媽媽的姊姊死於哮喘發作。在哮喘發作時，去附近就醫，卻沒有接受適當的治療，導致她送命，就是現在所說的醫療疏失。媽媽因為燒傷留下肥厚性疤痕，吃了不少苦，幸好遇到我爸爸，順利結婚。沒想到我又得了兒童哮喘，媽媽很擔心。畢竟她的姊姊在四歲時，就是因哮喘發作而死。

我的哮喘在十三歲時惡化，媽媽的不安和恐懼達到顛峰，她闖入大門街道旁名叫傾山的雪山後，在山上凍死。雖然當時媽媽陷入錯亂的狀態，但我認為她內心想要自殺。

媽媽的自殺、外婆的自殺，和媽媽的姊姊因醫療疏失而死的事，都是兩年半前，因食道癌過世的爸爸告訴我的，他還告訴我，為媽媽的姊姊看診的醫生名叫土岐伊織。

沒錯，就是土岐醫生的祖父，所以當土岐醫生在我的部落格留言時，我發自內心感到驚訝。我當時簡直難以置信，但我相信是媽媽和外婆召喚了他。

我並不打算向土岐醫生復仇，因為並不是他犯下醫療疏失。

我感到命運太不可思議，開始和土岐醫生交往。爸爸去世之後，我覺得人生毫無意義，對死亡產生強烈的衝動，土岐醫生竭盡全力支持我。我在上次滑雪的時候，已經對你說過這些事。

沒想到土岐醫生整天說他家族的人都很短命，長壽只會造成痛苦。雖然他勸我不要死，但他自己追求死亡，這不是很矛盾嗎？他才是明明不想死，卻在玩弄死亡。

一月底之後，土岐醫生精神狀態越來越不穩定，開始說一些莫名其妙的話。他說拯救將死的病人是罪惡，或是自己隨時都可以死，只是害怕死亡的瞬間。

說到底，他雖然深受死亡吸引，卻又害怕死亡。雖然他並沒有面臨死亡，卻臉色發白地說很可怕，對死亡感到懼怕。我相信是由於他過度面對死亡，他說擺脫這種狀況的唯一方法，就是在不知道自己會死的情況下死去。像是來不及感到恐懼就猝死，或是不知不覺在睡夢中死去……

只要看他的眼睛，就知道他真的很想死，無論身心都完全做好準備，只要有人在暗中助他一臂之力。

三月十日星期五晚上，我前往土岐醫生的公寓。我之前就不時會做好晚餐去他家，因此他並沒有起疑心。那天我做了捲著培根的俄式漢堡排，他的漢堡排中摻了四顆磨碎的 Vegetamin B（氯丙嗪）。

我們一起愉快地吃完晚餐，他喝了啤酒，然後睡著。他平時沒有服用安眠藥，所以四顆安眠藥的劑量很充足。他睡得很熟，用力搖他，完全沒有醒來，就算用細針為他打一兩針，他也應該不會察覺。

之後我整理房間，消除我曾經去過他家的所有痕跡，偽裝成他獨自在家吃飯，在餐桌上只留下一人份的餐具。

然後我在他的靜脈中注射事先準備的三百單位諾和靈R注射液，只要注射這些劑量的速效性胰島素，他就能夠因低血糖性昏睡而死亡。在沒有人會發現，就連他自己都不知道的情況下如願死亡。一如土岐醫生所希望的，沒有恐懼，沒有痛苦地死去。

我關掉了他家裡的暖氣，用他交給我的鑰匙鎖門，離開他家。

之後的情況，你也知道了。

我去參加土岐醫生的告別式，一方面是為了送他最後一程，同時也是為了想像自己的葬禮。現在有人舉行生前葬，如此看來想要瞭解自己葬禮的心情應該並不算是太異常。我沒有像你這樣，會千里迢迢來參加葬禮的朋友，來弔唁的人數寥寥無幾，但想到會有幾個人來參加，流淚為我送行，心情就很平靜。

寫到這裡，我有一種奇妙的困惑，不知道自己到底在幹什麼。明明一切都回歸無的境界，永遠沉入黑暗之中。

當你收到這封信時，我已經不在這個世界上了。寄出這封信之後，我會和土岐醫生一樣服用安眠藥，為自己注射相同劑量的胰島素。我不希望在睡著之前感到痛苦，所以不會用靜脈注射，而是採用肌肉注射。

我會關掉房間的暖氣，同時稍微打開一點窗戶。我很希望可以在遺體沒有腐爛之前被人發現，如果可以，我希望可以和土岐醫生一樣，要求警察不要解剖。因為解剖也無法瞭解死因。

二〇一七年三月十七日志村響子 敬上』

我拿著信紙的手冒著汗。佑介在死前流的汗，原來是低血糖發作引起的。

響子在信中說，她並不打算復仇，但最後還是殺了佑介，自己選擇死亡。不知道這是巧合，還是從她的外婆、媽媽身上繼承的基因使然。

佑介真的害怕死亡嗎？至少他從來沒有在我面前提過對死亡的恐懼。但如果他在無意識中追求有人可以讓他輕鬆死去，那麼職業是護理師，同時也深受死亡吸引的響子，顯然是理想的對象。他可以藉由談論對死亡的恐懼，巧妙地引導她。佑介這個人的哪一個部分策劃出這件事，然後如願達成了目的？

我折起信紙，對著半空問佑介：

——你的葬禮真的該祝福嗎？

真令子

鰜鰈情深的夫妻，如果雙方都曾經一度不忠，然後彼此都知道這件事，不知道會帶著怎樣的心情繼續夫妻生活。直到八十五歲的今天，始終單身的我當然不得而知。

我這輩子只真心愛過一個人，那就是我的表哥土岐伊織。他是誠懇老實的醫生，但在三十八年前，年僅五十二歲就離開人世。如果他現在還活著，今年就九十歲了，讓我不禁感嘆歲月的流逝。他在前往奧穗高岳山頂的途中，在濃霧中，從吊尾根失足墜落。

不久之前，伊織的孫子佑介在家中猝死。我從他朋友口中得知這件事。佑介一樣是醫生，在伊織的父親，也就是騏一郎創立的土岐紀念醫院工作。我不瞭解詳細情況，只知道在佑介死後，他交往的女友在幾乎和他相同的狀況下離奇死亡。當我得知他的女朋友名叫志村響子時，不禁感到命運的可怕安排。因為響子祖母瑪莎的死，和伊織有密切的關係。

活到這把年紀，還想要寫札記，是由於我想要說明伊織死亡的真相。如果我不寫下來，一切都會隱藏在黑暗之中。這是無法原諒的事。

伊織的死亡到底是意外，還是自殺，抑或是他殺？如果是他殺，凶手來自冥界。會有這種事嗎？

✦

我出生在長野縣諏訪郡一個名叫原村的地方。伊織比我大五歲，他媽媽和我媽媽是姊妹。我們住得很近，彼此互有來往，我小時候很崇拜他。在戰爭結束的隔年，伊織成為松本醫專（之後的信州大學醫學系）的醫學系學生，難得從宿舍回來探親時，我對他的崇拜變成了愛戀。他看到綁著兩條辮子的我，清新爽朗地對我說：

「嗨，小芳，妳變漂亮了。」

我名叫川島芳美，小芳是我的暱稱，在長大之後的很長一段時間，大家仍然用這個暱稱叫我。在此之前，我都叫伊織「土岐哥哥」，從那個瞬間開始，我無法再這麼叫他。我當時是舊制中學二年級的學生，正值多愁善感的年紀。原本的崇拜突然變成難以名狀的感情。我愛他，想把自己的身心都奉獻給他，我想和他結婚。我衝動地這麼想。

我當然無法把這種感情說出口，只是紅著臉轉身走開。我回到自己的房間，但他的臉龐和身影在我腦海中狂舞，讓我不知所措。

伊織大學畢業後，進入松本的大學醫院工作。我從茅野的高中畢業後，進入下諏訪一家精密儀器公司做事務工作。對伊織的感情與日俱增，但當然不可能有勇氣向他告白，只能等待時機成熟。

沒想到有一天突然從我媽媽口中得知伊織要結婚的消息。他的結婚對象是松本一家私立醫院院長的秘書，名叫上条真令子。真令子在東京深川出生、長大，她家的房子被空襲燒毀，失去家人，舉目無親。那家私立醫院的院長是她的遠親，於是就找她來當自己的秘書。伊織對真令子一見鍾情，然後很快就決定要結婚。

這個消息簡直就像晴天霹靂，我驚訝得說不出話。當時我才十九歲，面對這種情況無能為力，只能心灰意冷地放棄。

雖然原本很討厭真令子，但見面之後，發現她為人親切誠懇，再加上我們同年，所以對她產生親近感。真令子可能也因為在這裡沒有朋友，很喜歡我。

在他們結婚隔年，真令子懷孕，生下的兒子取名為冬司。

兩年後，伊織離開大學醫院，回到原村，進入他父親開的土岐醫院工作。那是六十年前的事，當時醫院的名字還沒有「紀念」這兩個字。

真令子比實際年齡幼稚，即使成為母親之後，也經常依賴我。當因為冬司夜晚哭鬧，導致她睡眠不足時，有時候我白天幫忙她照顧兒子，讓她睡午覺補眠。有時候會把冬司交給伊織照顧，我們兩個人一起去輕井澤和清里玩。

那一年冬天，真令子得了結核性的肺膿瘍，住在土岐醫院。伊織竭盡全力治療，但真令子住院兩個多月，仍然沒有退燒，插進肺部的管子不斷排出膿汁。伊織一天比一天焦慮，開始擔心真令子可能沒救了。

真令子住院後，我在伊織的拜託之下辭去工作，專心照顧冬司。冬司很喜歡我，晚上在我身旁睡得很香甜。

真令子的病情越來越危險，最後轉去松本的大學醫院。真令子當時才二十二歲，如果就這樣死了，未免太年輕。我感同身受地為她擔心，對死亡感到恐懼。這是理所當然的事，死亡是世界上最可怕、最討厭的事。

真令子的病情一天比一天惡化，情況很不樂觀。我帶著悲痛的心情下定決心，如果真令子有什麼三長兩短，我就會把冬司當成自己的兒子照顧。只要伊織願意，我很樂意成為他的續弦，會把冬司養育成人。

原本只是發生萬一情況時的決心，但在我內心，這件事似乎已經成為既定事實。真令子的病情已經嚴重到這種程度。

沒想到過了一陣子，她的病情漸漸好轉，她擺脫危機，回到土岐醫院。雖然期待落空，但我還是為真令子恢復健康開心。我不可能因為自私想法沒有如願就去憎恨真令子，而且看到伊織重新振作的樣子仍很高興。

✦

那是我第一次感到死亡就在身邊。雖然當時也有人英年早逝，但從來沒有想過會發生在自己身上。在真令子生病後，我切身體會到這並非和我無關的事。我感到害怕。一旦死了，就失去一切。

我暗自決心，要盡可能活得久一點。

✦

伊織差一點失去妻子，之後對真令子的愛到了異常的程度。他擔心真令子的病情，神經質地在生活各方面嚴格監視。

首先在生活中完全杜絕任何加了防腐劑或添加物的食材，生鮮食品只要稍微不新鮮，就要求全部丟棄。他不允許真令子攝取鹽分太多的食品，限制她只能隔天吃雞蛋，魚只要稍微有點焦，就立刻丟進垃圾桶。

衣服和內衣必須重視保溫性和透氣性，在款式和顏色上有很多要求。他認為花俏的衣服和流行時尚會降低品味，不准真令子穿。不能染頭髮，指甲油會傷害指甲，遭到禁止，耳環和戒指只能挑選極其簡單的設計。

真令子在二手服裝店買了一件可愛的洋裝時，伊織說絕對不可以穿不知道是誰曾經穿過的衣服，命令她把衣服退回去。他說穿裙子腳會著涼，即使盛夏季節，也要求真令子穿長褲和長襪，但又說牛仔褲很低俗，不讓真令子買。當時大城市都流行自由奔放的「御幸族」時尚，真令子想穿相同的衣服，不過伊織始終不點頭。

而且伊織也因為真令子不擅長廚藝，每天早上由他用砂鍋炊飯，還在忙碌之中，每週找四天回家做晚餐。他向來不使用現成的調味料，在煮味噌湯或是燉菜時，都用昆布或柴魚片熬高湯。

只要真令子說累了，他就會為真令子按摩，飯後會放莫札特的音樂給她聽，泡澡時為她洗全身，為她穿上噴了高級香水的蠶絲睡衣。客廳內放著平台鋼琴，碗櫃內有歐洲第一名瓷麥森的咖啡杯，臥室內有高級羽絨被和安眠枕。

但是當真令子外出時，必須先報告地點和回家的時間，否則就不能外出。如果未事先報告就外出，或是沒有按時回家，就會窮追猛打地追問真令子和誰去了哪裡，到底在幹什麼。

「我簡直就像被關在籠子裡的鳥。」

真令子向我吐露內心的痛苦。伊織可能覺得我這個表妹令人放心，同意她可以自由和我見面。

「他為什麼需要做到這種程度？」

「他說是因為愛我，他很擔心我。」

「這代表他根本不相信妳。」

我說得有點嚴厲，真令子一臉為難地嘟著嘴。想必她也有同感。

有一次，真令子曾經對我說：

「我上次去了天主教堂，神父人很好，我想開始看聖經，結果他說不行。」

「為什麼？」

「他說如果我關心他以外的事，他會很難過，無法忍受我的心被聖經搶走。」

「什麼嘛。」

我忍不住噗哧笑了。對聖經產生競爭意識未免太滑稽。我以為真令子也會笑出來，但她仍然一臉嚴肅。我突然產生不祥的預感問她：

「他該不會無中生有地懷疑妳在外面有男人？」

真令子帶著畏縮的眼神點點頭說：

「我和來家裡送貨的酒鋪店員說話，他就會很不高興。我除了妳以外沒有其他朋友，只是和那個店員閒聊幾句當作消遣。」

「既然連上門送貨的店員都這樣，那不是代表妳都不能和別的男人說話？」

「是啊，像是郵差上門或是公所的人來家裡，只要我稍微多說兩句，他就會大發雷霆。冬司去年上了小學，我以前在深川時曾經練過書法，想趁這個機會繼續練書法，但他不同意，因為全都是男老師。」

「聽說佔有欲強烈的男人，其實是對自己缺乏自信。」

「也許吧。」

真令子再度顯得困惑。

「外子有時候會在中午突然回家，我問他怎麼了，他回答說，很擔心我是不是真的一個人在家。冬司去學校上課，想到可能有人會趁這個機會來家裡，他就無法不回來確認一下。」

「太莫名其妙了，妳根本不可能做這種事啊。」

我感到很荒謬，但她仍然愁容滿面。

「而且他還說一些奇怪的話，他說在回家的路上，想到萬一撞見我和男人抱在一起怎麼辦，擔心得要死。雖然看到我一個人在家很安心，但也同時感到失望。」

「那他希望妳紅杏出牆嗎？」

「怎麼可能？我想應該不是這樣。」

我覺得莫名其妙。伊織為什麼這麼擔心？

「如果妳真的紅杏出牆，後果可能會很可怕吧。」

「他一定會殺了對方，但是他有時候似乎會栩栩如生地想像我紅杏出牆的場景，然後感到很痛苦、很絕望，最後疲憊不堪，腦袋完全無法思考。雖然他口口聲聲說愛我，但只要遇到不合他意的情況，馬上就會暴怒，但又立刻向我道歉，就只差跪下來了，有時候又突然面露可怕的表情、不說話，我真的不知道該怎麼辦才好。」

「他該不會動手打妳？」

「那倒是沒有，外子很愛我，但他全盤否定我的想法和愛好，有時候我覺得自我快消失了。無論做任何事，都必須遵從他的指示，而且整天提心吊膽，不知道他什麼時候又會不高興。」

真令子的確漸漸失去剛結婚時的天真無邪，她嘆著氣嘟噥說：

「以前他說要幫我看手相，我都會毫不猶豫地張開手伸到他面前，但現在已經做不到了，伸手時也會輕輕握拳……」

✦

我必須聲明，伊織絕對沒有異常，他在醫院是很正常的醫生，病人都說他和藹可親，其他醫生和護理師對他的評價都很高。

他和我說話時，和以往一樣，清新而又充滿知性。但他只對真令子有那種異樣的態度，應該是因為他深愛真令子。

從某種意義上來說，這件事令我羨慕不已。

雖然真令子的精神狀態岌岌可危，但仍然勉強維持和伊織的共同生活。

✦

我又回到精密儀器公司工作，獨自住在茅野市的公寓。曾經和幾個男人交往，和他們有了肉體關係，但都無法滿足我的身心。

「川島小姐，妳這麼漂亮，為什麼不結婚？」

董事長曾經對我說過這種現在會被視為性騷擾的話，曾經有單身的同事向我求婚，但我無法忘記伊織。

伊織風度翩翩，充滿知性，因此有時候我無法相信真令子說的那些異常的事。如果真令子基於某種原因離伊織而去，伊織和我再婚的話，會用那種異常的方式愛我嗎？雖然明知道思考這種事無濟於事，但還是不時會閃過這種念頭。

我在三十歲前對登山產生興趣。起初只是在附近山區健行，漸漸增加難度，幾年之後進步很大，可以單獨挑戰槍岳和劍岳。登山當然隨時有死亡的危險，在真令子因肺膿瘍差點送命時，我對死亡產生極大的恐懼。之所以會去登山，或許是為了擺脫對伊織的感情。大都市的人都熱衷於討論即將到來的東京奧運，和被稱為「夢幻超特急」的新幹線，但在信州鄉下，只能靠登山散心。

不久之後，真令子要求我帶她去登山。她說想去奧穗高，我說對初學者來說難度太高，無法表示贊成，但真令子說，她無論如何都想去。

「但是妳家裡會同意嗎？」

「別擔心，我老公最近都很相信我。」

我發現她沒有稱伊織「外子」，而是叫他「老公」，這件事令我有點在意，而且她的表情看起來很愉悅。

真令子和我先去蓼科山和橫岳練習之後，在十月初出發前往奧穗高岳。我們安排了兩天一夜的行程，搭巴士到上高地，從明神池出發，經過德澤，再從涸澤登上奧穗高岳。攻頂之後，回到穗高岳山莊住宿一晚，回程從涸澤經過全景線，一路向下到德澤。我認為這樣的行程安排，真令子應該沒問題。

上高地的紅葉正旺，天氣很晴朗，是登山的絕佳天氣。當我們進入登山道時，真令子可能太性急，越走越快，於是我走在她前面調整速度。

我們在清晨出發，下午一點多抵達穗高岳山莊。在平台吃完便當，休息半個小時左右再度出發。真令子累壞了，我鼓勵她再加把勁，繼續攻頂。在中途的岩壁發現岩雷鳥時，真令子興奮地說：「太神奇了，竟然有國家指定的特別天然紀念物。」一個小時後，我們抵達山頂。天空很晴朗，可以遠眺北穗高岳向槍岳連綿的雄偉山脈。

「山上真不錯，我來培養登山的興趣吧。」

真令子張開雙手伸著懶腰，似乎忘記腿痠。她眺望著從西穗高岳向遠處綿延的山脊，指著好像半圓形屋頂般突起的地方問我：

「那裡就是憲兵山嗎？」

憲兵岩是位在奧穗高岳和天狗頭之間的岩峰，在穿越西穗高岳的路徑中，被稱為難關中的難關。登山資歷尚淺的真令子，為什麼會知道這座一般民眾並不太知道的山峰？

「憲兵岩是一塊巨大的岩石，正確地說，並不是一座山，妳怎麼會知道那裡？」

「上次電視上有介紹，用直升機從空中拍攝，聽說登山者的夢想就是征服那裡。」

我既沒有表示肯定，也沒有否定。真令子的語氣很興奮，讓我產生某種預感，但我認為不可能的想法更加強烈。

不一會兒，雲飄過來，太陽慢慢下山，氣溫開始下降。我們急忙回到晚上投宿的穗高岳山莊。

晚餐後，我們坐在食堂角落喝熱威士忌。真令子在喝酒時，說出了驚人的秘密。她竟然瞞著伊織和男人幽會。我驚訝得說不出話，真令子慌忙搖著雙手說：

「妳不要誤會，我和他見面只有聊天而已。」

即使只是這樣，一旦被伊織知道，後果也不堪設想。

「對方是誰？」

「他是冬司的家庭教師，是信大醫學系的學生。」

冬司已經讀小學六年級，從四月開始請家教，為考中學做準備。家教老師名叫加瀨滿，是信州大學醫學系五年級的學生。

「從什麼時候開始？」

「七月初的時候。有一次，加瀨來家教時沒有吃晚餐，上完家教課，我就煮了蕎麥麵給他吃。那天晚上，外子剛好值班。我和他聊了一下，發現他很風趣，於是我們就偷偷聯絡，約在松本的咖啡店見了三次。」

「竟然沒被發現。」

「因為我說和妳見面。」

真令子說完，吐吐舌頭，聳著肩膀。我感到無奈的同時，終於瞭解到她最近這麼開朗的原因。

「就連我都發現妳神采飛揚，家裡真的沒有發現嗎？」

「別擔心，我的演技很好。」

我當時就應該發現真令子顯露出明知故犯的眼神，但我對真令子結交了年輕男友這件事太驚訝，沒有想到那麼多，直到很久之後才意識到這件事。

「妳說想要來奧穗高爬山，該不會是……」

「沒錯，加瀨是登山社的社長，他說他的夢想是在畢業之前攻下憲兵岩。」

原來是這樣。

我沒有問，真令子就滔滔不絕地說起加瀨的事。他是岐阜人，有一個和他相差很多歲的弟弟，從小就經常輔導弟弟功課，為冬司上家教課時，也像哥哥一樣。

「加瀨的聲音很好聽，有一種獨特的溫度，簡直可以當廣播節目的主持人。」

真令子樂不可支地說著對我而言，根本無關緊要的話。她說話的語氣的確像是戀愛中的女人。我隨聲附和著，她突然陷入沉默，輕輕發出沉重的嘆息。

「我很徬徨，不知道是否該繼續這樣的生活。」

「妳很徬徨？妳該不會要和伊織離婚？」

和真令子在一起時，每次提到伊織，我都親密地直接叫他的名字。真令子苦笑著說，不可能有這種事，但隨即又面露愁容繼續說：

「如果和加瀨的關係繼續發展下去，我覺得自己可能會把持不住……」

「那妳對伊織呢？還有愛嗎？」

「當然啊。」

她毫不猶豫地回答。既然這樣，就沒必要徬徨。

「既然妳愛伊織，我認為不必擔心這種事。」

「是嗎？」

「對啊，妳是因為伊織管得太嚴，才會想和其他人聊天。妳之前不是說，自己遭到否定很痛苦嗎？所以妳渴望能夠肯定妳的人。」

「加瀨的確都接受我說的話。」

「妳需要這種對象，如果不適度喘息，妳的精神狀態會出問題。既然對伊織的愛很牢固，和擔任家教的醫學系學生見面聊天，沒什麼好愧疚的。」

「妳說得對，我們只是聊天而已。」

真令子接受我的意見，微微一笑，又滔滔不絕地開始聊那些無關緊要的事。

沒想到事情向意想不到的方向發展。

隔年一月的某天晚上，真令子一踏進我的公寓，立刻趴在桌上放聲大哭。

「我完了，真的完了。」

她叫喊著，然後哭得更大聲。

「發生什麼事？」

我大致猜到可能發生什麼事。真令子肩膀顫動，悲傷地哭個不停。

我撫摸著她的後背，她慢慢平靜下來，最後抽抽噎噎地向我坦承：

「……我、剛從加瀨的宿舍回來。」

聽到她這句話，我明白了一切。我擔心的事發生了。

「妳不是說，和加瀨只是聊天而已嗎？」

「我原本是這麼想，但他突然把我推倒。」

「妳沒有反抗嗎？」

「有啊，我拚命把他推開，但還是推不開他。」

真令子就像被帶進偵訊室的罪犯一樣低著頭。

「妳沒有說不要嗎？沒有大叫嗎？」

「他和我接吻，我沒辦法說。」

真的嗎？即使接吻，只要搖頭，就可以避開。但是現在不是討論這種問題的時候，必須思考接下來該怎麼辦。

「這件事絕對不能讓伊織知道，無論發生任何事，都必須隱瞞到底。」

看真令子目前的樣子，一眼就可以看出曾經發生過什麼事。不能讓她就這樣回家。

「伊織幾點回家？」

「……他今天值班，不會回家。」

所以真令子才會去加瀨的宿舍。雖然我的腦海中閃過一絲疑問，但我按捺下疑問，說：

「妳先暫時留在這裡，等心情平靜之後再回去。在明天之前，整理好自己的心情，不要被伊織發現了。」

我認為這樣就可以善後，沒想到真令子搖搖頭，再度趴在桌上。

「不行，我可能會懷孕。」

「什麼？」

我忍不住拍著桌子。

「他沒有戴保險套嗎？」

「戴了，但結束時發現破了。」

太荒唐了。簡直就像小孩子。

「今天是危險期嗎？」

「不知道。」

「妳上次月經是什麼時候來的？」

「什麼時候呢？好像是兩個星期前，也可能是三個星期。」

真靠不住。我不禁咂嘴。

「那明天晚上，妳也要和伊織做，當然不可以避孕。」

即使懷孕，也要讓伊織以為是自己的孩子，這是唯一的解決方法。真令子默不作聲，我忍不住心浮氣躁。

「怎麼樣？妳沒辦法做到嗎？」

真令子沒有回答。

「你們的夫妻生活到底是怎麼回事？」

於是我詳細問了真令子和伊織的性生活。我認為不能有任何不自然的地方，才能掩飾今天的事。多久一次？有沒有避孕？是誰主動？怎麼做？

問著問著，我發現自己的心情出現了微妙的變化。

……外子只要一喝酒就不行，所以他去聚餐的日子就不會做……

不會把所有的燈都關掉，會把床頭燈調暗……

先是站著擁抱，他說那樣會讓我的胸部看起來比較美……

啊，這種事也要說嗎？外子會為我那個……我也會幫他……

對，會改變體位……

那種時候，我會閉上眼睛……

真令子起初有點不知所措，但從中途開始，就像小學生一樣有問必答，完全沒有想到我的感受。她說的話成為畫面出現在我眼前，隨即消失。我很痛苦，也很生氣，更感到噁心。我最愛的人在我遙不可及的地方愛撫真令子，貪戀著她，對她充滿慈愛。

雖然這種痛苦難以承受，但我無法不問。這種想法很變態嗎？不，我相信每個人內心都隱藏著這種衝動。如果有人表示否定，那只是沒有面對真正的自己。因為我們面對不明就裡的事，都會感到害怕。

我在問真令子時面不改色。為了避免真令子心生警戒，我盡最大的努力保持面無表情。

我也問了她和加瀨發生的那件事。

「他毫無預警，突然把妳推倒嗎？不可能吧？」

「他一開始說累了，躺在榻榻米上，枕著彎曲的手臂睡在那裡，用食指叫我過去。我覺得他在鬧我，就走過去，沒想到他一把抱住我。我對他說不可以這樣，他在我耳邊說，真令子，我愛妳。」

「他直接叫妳的名字嗎？」

「以前都叫我土岐太太，所以我想他意識到我是有夫之婦，但是不久之前，他開始叫我的名字。當然他事先問過我，可不可以叫我的名字。」

我咬著嘴唇，真令子好像在追憶幾個小時前發生的事般繼續說道：

「我在中途好幾次都忍不住想，怎麼辦？這麼做的後果不堪設想，如果不趕快停止，就會造成無可挽回的結果。我很害怕，也很想逃走，但是越這麼想，身體繃得越緊，結果就感受到以前從來不曾體會過的快感，甚至覺得就這樣死了也沒關係。」

「這麼說來，很美好嗎？」

「嗯，很美好。」

真令子紅著臉回答。我必須發揮出幾乎快發瘋的努力，才能掩飾內心的嫉妒和憤怒。真令子嘆了一口氣，好像如夢初醒般說：

「但我只愛外子一個人。」

「我知道，所以妳能巧妙完成、該和伊織做的事吧？要好好加油。」

我好不容易才斷斷續續擠出這句話鼓勵她。

真令子深夜離開我家時，小聲對我說：

「芳美，謝謝妳，妳人真好。」

幸好真令子並沒有懷孕，沒有生下搞不清楚誰是父親的孩子。雖然她說再也不想看到加瀨，但在兒子考中學之前突然解僱他很不自然，要再忍耐一個月。

二月，冬司順利考上了神戶一所有初中部和高中部的私立學校，四月開始搬進宿舍，加瀨當然不再去他們家。我以為真令子的那件事已經化險為夷了。

沒想到四月中旬，真令子打電話給我，說要告訴我一件事。她在電話中的聲音簡直就像快死了。

我開車去土岐家，那天下午快下雨了，天色很昏暗，但真令子孤伶伶地坐在客廳，沒有開燈。

她看到我，好像行屍走肉般笑笑。

「我昨天晚上告訴外子加瀨的事了。」

「為什麼會……」

我無法繼續說下去。真令子可能哭了一整晚，用極度無力的聲音，斷斷續續向我說明。

「不久之前，外子開始說一些奇怪的話……像是夫妻的感情，或是夫妻之間的信賴……他說醫院有醫生和護士婚外情，他覺得他們很愚蠢，也很可憐。只要夫妻相愛，就不可能做出這種事。會婚外情的人，家庭已經出問題……我很納悶他為什麼對我說這些話，他突然目不轉睛地看著我，好像要看到我的眼睛深處，然後把臉湊到我面前，小聲地說……夫妻之間不可以有隱瞞。」

這種情況持續好幾天，昨天晚上，伊織又說：

——結婚多年，有些夫妻會發生婚外情。這種行為當然不對，但更糟糕的是隱瞞事實。即使曾經發生婚外情，只要夫妻之間相互坦誠，就可以修復感情。用謊言欺騙，假裝沒有發生過，更是不可饒恕的行為。如果曾經做錯事，就應該據實以告……

「外子說，他無法原諒別人說謊，但只要對方誠實，他就能夠克服。」

「這根本是要妳招供的陷阱。」

「我也這麼覺得，所以什麼都沒說。」

「既然這樣，為什麼……」

「事情還有後續。」

真令子察覺到這是伊織的陷阱，就反問他，有沒有隱瞞什麼事。所謂攻擊是最大的防禦。伊織把頭轉到一旁，低下頭，然後語帶顫抖地說：「對不起。」

伊織也曾經做過虧心事？內心的期待讓我心跳加速。真令子似乎也一樣。

「我忍不住緊張起來，猜想他是不是和別人偷情。如果是這樣，那我也可以輕鬆向他承認。雖然我這麼想，沒想到他說出來的事和我想的完全不一樣。他說去名古屋參加學會時，晚上和同事一起去酒店，結果和酒店小姐接吻。」

「什麼嘛？根本是胡扯。」

我不禁笑了，但立刻改變想法。

「這該不會是他想要讓妳說出秘密的圈套？」

「也許是，但我當時沒有察覺。」

真令子無力地笑了。伊織痛苦地坦承他曾經和酒店小姐接吻，並為之前一直隱瞞道歉。

「他深深鞠躬，說希望我原諒他。他沒有辯解，只說是一時鬼迷心竅。他說完全沒有想過要背叛我，知道說出來只會對我造成傷害，但是他無法繼續隱瞞下去，因為這是身為一個人最卑劣的行為。」

「這根本只是自我滿足。他說出來之後，或許心情很舒暢，但根本是把對方推入地獄。」

我說完這句話，再度驚訝地發現一件事。伊織是不是自己想要墜入這個地獄？

伊織不停地道歉，真令子終於忍不住對他說：「不用再道歉了。」伊織點點頭，兩個人之間出現了好像真空般的短暫空白，伊織突然問：

——妳有沒有什麼事隱瞞我？

這是絕妙的時機。真令子一時無法回答，但這變成了回答。伊織之前長篇大論的鋪陳，都只是為了這個瞬間。他持續對真令子洗腦，說隱瞞是卑劣的行為，然後先坦承根本無足輕重的罪行，創造出除非是極其厚顏無恥的人，否則根本無法說謊的狀況，然後再問真令子事實真相。

伊織確信真令子隱瞞了什麼。無論真令子說什麼，應該都是白費口舌。

「他一臉好像準備去自殺的表情對我說，如果我有隱瞞的事，希望可以說出來。他的眼神寂寞到極點。即使這樣，我仍然堅稱沒有隱瞞任何事，但是我無法直視他的臉。我把臉轉到一旁，他輕輕抓著我的下巴，溫柔地轉向他。這種溫柔很可怕，我全身起了雞皮疙瘩。」

——沒關係，妳說吧。我相信妳一定很痛苦，只要妳願意努力，我一定可以克服。

伊織的聲音充滿慈愛。真令子說，就連呼吸也沒有聲音。

——我可以原諒妳的不忠，但無法原諒妳有事隱瞞我。我真心真意愛著妳，希望妳可以回應我的愛。

伊織在真令子的耳邊呢喃，真令子忍不住問：

——你真的會原諒我嗎？

真令子的心防就這樣被突破了。她太傻太天真，為什麼沒有發現那是伊織在套她的話？

接著，真令子花了一整晚的時間，一五一十地招供。在聽她說這些事時，我無法克制內心深處湧現的痛苦。雖然我不願意承認，但我知道那是嫉妒。伊織之所以這麼執拗地追問真令子，是因為深深愛著她。如果是無足輕重的對象，或是膚淺的感情，不可能問得如此鉅細靡遺。

我表現出擔心真令子處境的閨中密友的態度問她：

「妳接下來有什麼打算？」

「……不知道。」

她應該已經沒有力氣做任何事，從她的態度中，可以感受到聽天由命的灰心。

「伊織去上班了嗎？」

「嗯……他說今天可能不回家。」

我觀察著真令子的表情，小心謹慎地問：

「你們該不會要離婚？」

「我應該……不會。」

我到底在期待什麼？伊織怎麼可能放棄如此深愛的妻子？

「只能暫時忍耐了。雖然會很痛苦，但有時候時間可以成為良藥。」

我這麼安慰真令子後，離開土岐家。

回家的路上，我無法專心開車，踩了三次急煞車。

✦

我不知道伊織為什麼如此深愛真令子。她的確很漂亮，但個子矮小，又很乾瘦，我比她更有魅力。當時我這麼認為。如今我已八十五歲，知道美貌毫無價值……

伊織從真令子口中得知了她不忠的事實後，會有什麼想法？會不會無法原諒她？我內心並非沒有這樣的期待。

所以接到伊織的邀約電話時，我內心雀躍不已。

✦

「上諏訪開了一家俄羅斯料理的餐廳，要不要一起去？要感謝妳在真令子的事上幫了很多忙。」

伊織在電話中語帶玄機地說。

那家餐廳是一棟木造的獨棟房子，根據俄羅斯的弦樂器巴拉萊卡琴命名為「巴拉萊卡」，很有異國風情。一樓是挑高的寬敞空間，樂師歡快地拉著手風琴。

我提前十分鐘抵達，發現伊織已經到了，坐在二樓的包廂內等我。

「你來得真早。」

「我剛到而已。」

我們先用啤酒乾杯，伊織雖然開車過來，但那個年代對酒駕取締並不嚴格。伊織點了酥皮濃湯、羅宋湯、俄式小餡餅皮羅什基和醋醃鯡魚等。

「小芳，妳幫了我們很多忙，我一直惦記著要趕快向妳道謝，但心情上遲遲無法振作起來。」

伊織露出笑容。他臉色蒼白，微笑很僵硬。閒聊一會兒後，他假裝不經意地問我：

「妳第一次得知真令子的事是什麼時候？」

「去奧穗高的時候，但他們那時候還沒有發生任何事。」

「那麼，真令子在事情發生之前，就已經告訴妳了。小芳，她真的很依賴妳。」

「不要叫我小芳，我已經不是小孩子了。」

伊織顯得有點不知所措，隨即點頭說好。

「我從來沒有背叛過真令子，我一直以為真令子也一樣，所以我很受打擊。芳美，我想妳應該能夠體會我這種心情。」

第一次聽到他叫我的名字，我感到全身酥麻，好像有一股強烈的電流貫穿身體。

「真令子說，她只犯了一次錯，簡直就像在說，一次的話只是小錯而已。但事實並非如此，兩次只是一次的兩倍，十次只是十倍而已，但是和零相比，一次是無限大的痛苦。」

這種邏輯太獨特了。伊織一臉凝重，看著紅色桌布。

「在聽真令子向我坦承這件事時，我懊惱和痛苦得快發瘋了。我以前不知道，原來遭到背叛會這麼痛苦、這麼悲傷。」

「既然這樣，你為什麼要苦苦追問？」

「為了減少痛苦。」

「你知道之後，不是會更加痛苦嗎？如果不知道，就根本不會痛苦。」

「不是這樣。芳美，妳難道不瞭解嗎？」

再度聽到他叫我的名字，簡直就像遭到雷擊。伊織有點急躁地壓低聲音。

「我想要知道發生的所有事，否則就會想像到底是什麼狀況，內心更加痛苦。只要知道所有的細節，就可以安慰自己，就只是這樣而已。真令子做了什麼，對方又對真令子做了什麼。她當時是怎樣的感受，對方的手指是如何移動，真令子的身體又是如何反應。只要聽她說明，眼前就會浮現當時的場景感到痛苦，但仍然無法不問。這是為了接受事實必須做的事，雖然很難受、很懊惱，痛苦得無法自持，但這是必經的過程。」

「你問得這麼詳細嗎？」

「嗯。」

太過分了。我對伊織的卑劣感到驚訝，原來他之前都戴著紳士的假面具。

但我同時又想到，既然這樣，伊織此刻在我面前毫無保留，在我面前展現了只有真令子才能看到的本性。

伊織雖然痛苦，但明顯感到興奮。他的指尖微微顫抖，呼吸急促，簡直就像苦惱中隱藏著同樣深刻的快樂。真令子只有一次不忠，但伊織一次又一次在腦海中反芻，在痛苦和快感中打滾。

我看著伊織苦惱的樣子，感到心潮澎湃。當然不是感動，而是強烈的嫉妒。他完全沒有發現，繼續說道：

「雖然坦承自己做過的事很痛苦，但這就是坦誠。她承受這種痛苦說出一切，可以消除我一部分痛苦，所以真令子必須說出所有的真相。越是痛苦，這種告白越尊貴，就更坦誠，這有助於療癒我的傷痛。」

伊織用湯匙舀起有點冷掉的羅宋湯，察覺到我的視線後，突然開玩笑地說：

「芳美，這些話只能對妳說。」

我無法忍受內心的痛苦，不加思索地說：

「對不起，還是用以前的名字叫我好了。」

「這樣比較好嗎？」

伊織完全不瞭解我的心情，滿不在乎地喝著啤酒。我很難過，卑劣的想法在內心深處蠢蠢欲動。

「你說想要瞭解真令子的一切，但根本沒有方法可以確認。即使她還隱瞞其他事，也只有她自己知道。」

「不，我知道。」

伊織用餐巾紙擦拭嘴巴後，雙手放在桌上。

「只要她說謊，或是隱瞞了什麼事，內容一定會出現前後矛盾。一旦說謊，就需要用其他謊言來掩飾。我記得她說的所有內容，還會追問她細節，只要和之前說的內容不一致，馬上就可以發現，而且，」伊織以強烈的眼神看著我，淡淡微笑。「我事先懇切地告訴她誠實的重要性，如果她隱瞞什麼事，會無法承受良心的譴責。」

太可怕了，簡直就是逼供。他為什麼要做到這種程度？果然是因為愛嗎？我很不甘心，意氣用事地反駁說：

「即使這樣，我認為仍然有可能隱瞞。」

「比方說？」

「這就說不清楚了……」

我想了一下之後，換一個角度問伊織：

「真令子說的話都沒有自相矛盾的地方嗎？」

「當然。」

伊織很有自信地回答。我移開視線，滿不在乎地喝著啤酒，就像是在回敬他。

用餐接近尾聲，伊織仍然聊著真令子的事。我假裝當一名出色的聽眾，把話題引導向我想要的方向。原本喝啤酒的伊織換成伏特加，喝得臉都紅了。最後終於談及我等待的話題。

「真令子在和加瀨發生關係的隔天，主動向我求歡。我還來不及使用保險套，她就迫不及待要求我進入她的身體。我覺得很奇怪，但當時以為只是她心血來潮。事後問了她這件事，她說因為和加瀨有不正當的關係，感到害怕，向我求助。想要確認我們之間的愛情，就沒有使用保險套。」

「……這樣啊。」

我停頓一下才附和，帶著一絲困惑。我沒有眨眼，微微噘著嘴唇。連我都覺得自己的演技太精湛。

伊織似乎敏感地察覺到我的態度，他的醉意一下子醒了。

「算了，不要再聊這些。」

我從甜點的冰淇淋中拿起紅色櫻桃放進嘴裡。伊織一臉茫然，一口氣喝完剩下的伏特加。

回程的路上由我開車。伊織走路都搖搖晃晃，根本沒辦法開車。他坐在副駕駛座上不發一語，一直在思考什麼。

幾天之後的星期天晚上，我接到伊織打來的電話。

「她再次背叛了我。」

他說話的聲音中帶著詛咒和怨念。他可能又發現真令子隱瞞其他事。他已經喝了不少酒。

我問他人在哪裡，他說在鹽尻。

「你在那種地方幹什麼？」

「我要去名古屋。」

我產生不祥的預感。伊織是否打算在名古屋走上絕路？

「你不要去那種地方，真令子會擔心。」

「我才不管那種賤女人，她最好曝屍荒野。」

「你不要去名古屋，來我家吧。」

我忍不住哀求道。我可以感受到電話彼端的猶豫。

「呃。」電話中傳來好像呻吟般的聲音。

「求求你，我很擔心你，我絕對不會告訴真令子。如果你在鹽尻，我可以去接你。」

「……不用，我搭計程車去找妳。」

「我等你。」

掛上電話後，我神思恍惚。

人說的話未必都經過大腦思考，有時候會脫口說出一些話。一言既出，駟馬難追。

伊織來到我家，整個人憔悴不已，簡直和以前判若兩人。他的頭髮凌亂，雙眼凹陷，臉頰削瘦。他出現在門口時身體搖晃，我攙扶著他進屋。

「發生什麼事了？」

伊織生氣地說：

「她之前說，和加瀨並沒有直接的接觸，當時戴了保險套，但其實是在騙我。她接受了那男人的體液。精子和普通的細胞不一樣，因為只有一半染色體，所以隨時都在渴求另一半。即使沒有懷孕，也會藉由黏膜附著在細胞上。假設懷孕的話，那個精子會變成胎兒，最後排出體外，但是大量沒有受精的精子在她的身體內溶化，然後被身體吸收，混入她的身體。太齷齪了。那是永遠無法消失的烙印。」

醫生會用這種方式理解嗎？他這麼希望維持真令子的純粹嗎？

但是，真令子為什麼要把保險套破掉的事告訴他？

「是真令子主動告訴你的嗎？」

「她怎麼可能主動告訴我？是我問出來的，就像我上次說的，我向她說明誠實的意義，然後質問她細節，列舉自相矛盾的地方，識破她有所隱瞞，她才終於吐實。」

伊織笑容扭曲，既像是很得意，又好像看到地獄。我感到毛骨悚然。不知道真令子承受了多大的折磨。

我還來不及思考，伊織再度絮絮叨叨地說道：

「她為什麼要這樣折磨我？如果他們有直接的接觸，一開始就應該告訴我。如果她一開始說清楚，我還能夠承受。但是她之前說沒有，讓我安心，但後來才改口說有，這未免太殘酷了，簡直就像在傷口上撒鹽。」

伊織一隻手捂著臉，另一隻手拍著桌子。

「我多麼愛她，多麼珍視、憐惜她，結果全都遭到背叛，被她蔑視、踐踏。」

他咬緊牙關，發出嗚咽。可憐的伊織。我摟住他的肩膀，他整個人癱在我身上。我猜想憤怒和悲傷就像發瘋的野貓般在伊織的腦內狂奔。

「真可憐。」

「我真是太懊惱了。」

我不顧一切地把嘴唇貼在伊織的嘴上，雙手撫摸著他的臉龐。當嘴唇離開他的嘴時，把他的頭抱在自己胸前。伊織的淚水濕了我的襯衫。就這樣不知道過了多久，陷入苦惱深淵的伊織散發出神奇的魅力，他深沉的悲傷吸引了我。

當伊織露出奇怪的眼神時，我發現不對勁。我並沒有這個意思，我只是想安慰他，但伊織的雙手奪走我的自由。

「等一下。」

我扭動身體，但他立刻用我難以抵抗的力氣把我拉回去。我的額頭可以感受到他吐出的熱氣。

「住手。」

「為什麼，芳美？」

電流再度貫穿我的全身，我喘著氣，用盡全力問他：

「你愛我嗎？」

「對，我愛妳。芳美，我一直喜歡妳。」

「你騙人，我不相信。」

我用力瞪著伊織，伊織同樣注視著我。不可能。我的淚水奪眶而出。果真如此的話，我至今為止的痛苦到底所為何來？

我覺得即使是謊言也沒關係，無論是虛幻或是虛假都沒有關係。真令子當時或許是同樣的心情對加瀨以身相許。

天花板上簡陋的燈光，宛如天上的星光般燦爛奪目。

✦

我至今仍然沒有忘記當時的歡愉。因為暗戀多年的伊織對我說著「我愛妳」，我們的身體合而為一。

但我應該更冷靜思考。如果當時這麼做，或許就可以避免之後的悲劇發生。我當時三十三歲，對女人來說，那是一個微妙的年紀。如果是現在，情況就會完全不一樣，但五十多年前，正值我差不多該做好一輩子單身心理準備的時期，就在這個時候，和自己喜歡的男人上床，我怎麼可能不興奮得忘乎一切？

但正因為這樣，導致事態發展向完全意想不到的方向。

✦

我並沒有為了伊織的話賭上未來，但是他的聲音、他手臂的力量，以及散發出的雄性本能，生動地刻在我的身上。

我不是沒有想到和真令子之間的關係。真令子是我的閨中密友，我背叛了她，可能必須暫時和她保持距離。

沒想到事態的發展和我的預料完全相反。該接近的伊織離我而去，真令子卻撲進我的懷裡。

真令子突然來敲我家的門時，我以為她來找我復仇。如果是這樣，我當然不能示弱。我下定決心打開門，發現她像小孩子般哭喪著臉抱著我。她為什麼抱著搶走她丈夫的女人？我充滿警戒聽她說話。真令子說，伊織主動向她坦承不忠。

「我根本沒有問他，但他主動對我說，有重要的事必須告訴我。」

真令子這個受傷而難過不已的女人天真地說：

「我立刻知道他想要說什麼，當他開口說『不瞞妳說』的時候，我大叫著『我不想聽』，但他並沒有停止。他說他很愛我，所以必須告訴我。我想要逃走，但是做不到。我知道已經為時太晚，只能看著不幸的門發出擠壓的聲音打開。」

真令子可能隨時會態度丕變。雖然我嚴陣以待，但她只是無力地哭泣，完全沒有發怒的樣子。

等她心情平靜後，我猜想應該已經沒事，於是問她：

「對方是誰？」

「我沒聽。雖然外子想告訴我，但我捂住耳朵，對他大叫著，不要再折磨我，如果你愛我，就稍微顧及一下我的心情。」

原來是這樣。原來是真令子阻止伊織繼續說下去。

「外子說，他不會為自己辯解，因為是夫妻，所以無法隱瞞我。」

「那是伊織所展現的誠意？」

我試圖安慰她，沒想到她坐直身體，瞪著我說：

「別說笑了，哪裡有什麼誠意？妳之前不是說，那只是自我滿足嗎？不，這次不一樣，他顯然想要折磨我。他向我坦承自己出軌，試圖讓我痛苦，雖然他沒有明說，但暗示這都是我的過錯。」

「他表現出這樣的態度嗎？」

「沒有，但是他千方百計挖出我的秘密，然後就發生這件事。」

「真可憐，妳一定很痛苦。」

我把手放在她的肩膀上，她再度趴在桌子上開始哭。她抽抽噎噎，斷斷續續地費力說道：

「……我無法承受、這種痛苦……我到底、該怎麼辦……他說他也很痛苦，我知道他很痛苦，但同時樂在其中……我沒辦法再和他一起生活了。我想殺了他，然後去死。」

「妳不要說這種話，太可怕了。」

我用力抱著真令子。她纖瘦的身體發著抖。

「雖然妳很痛苦，但要努力撐下去。妳還很年輕，你們一定可以重修舊好，過一段時間之後，妳一定可以重新站起來。」

我在鼓勵她的同時，感覺到內心深處有一種奇妙的感情。不知道為什麼，我覺得心情很暢快。那是如假包換的優越感。

我是她丈夫偷情的對象，她卻不知道這件事。她毫不知情地向我求助。伊織也不知道我慫恿真令子和加瀨交往，對我掏心掏肺。我簡直就像用兩隻手，分別把伊織和真令子玩弄於股掌之間。時而左手，時而右手，隨心所欲地和他們打交道，支配他們兩個人。

這麼一想，我就能夠溫柔地對待真令子。

沒想到不久之後，發生不幸的事。

伊織參加醫生聚會喝酒回家後，附近的病人上門，要求他為女童看診。那個女兒才四歲，有兒童哮喘，之前沒有嚴重發作的情況，靠吸入性藥物和支氣管擴張劑就可以改善症狀。伊織用聽診器聽了女童的胸口後，診斷為輕度發作。

——回家之後使用吸入性藥物，服用平時的藥物就沒問題。

那位母親聽聞他的診斷之後放心，恭敬地鞠躬後回家。

沒想到黎明時分，女童發生嚴重的呼吸困難，來不及叫救護車就死了。以結果來說，伊織判斷錯誤，但那位母親帶著女童去他家時，只有輕度喘鳴，沒有呼吸困難的情況，很難預測會在黎明時分重積哮喘發作。

——如果那種程度的哮喘病人要住院，所有的病人都得住院。

女童的父親在不久前去世，他們家的生活很困苦。那位母親平時不經意透露，萬一女兒需要住院會很傷腦筋。也許這件事影響到伊織的判斷，只不過出現不理想的結果，醫生就會受到指責。

而且當時伊織正為了和真令子之間的事，對誠意或是坦誠的問題格外敏感。於是他就在女孩的葬禮結束後，特地去病人家中坦承自己判斷錯誤。

——如果當時安排妳女兒住院，她應該就不會死。

當人遭遇難以承受的痛苦，往往試圖用憤怒掩蓋這種痛苦。那位母親正為了失去女兒感到悲傷不已，遇到醫生上門為判斷錯誤道歉，沒有比他更適合宣洩憤怒的對象了。

那位母親對伊織破口大罵，添油加醋地說他喝酒、沒有好好診察，胡亂判斷害死她的女兒。

真令子得知這件事後，瞞著伊織，去了病人家裡。

——妳也要為妳女兒無法及時送醫而送命負責。如果妳早一點叫救護車，就可以救妳女兒的命。是因為妳不想讓她住院，才沒有叫救護車吧？

真令子的話說中了一部分。那位母親陷入絕望，隔天黎明時分，帶著剛出生不久的小女兒，在土岐醫院前淋汽油自焚。雖然母親燒死了，但小女兒撿回一命。

可以說，是真令子把那位母親逼上絕路，但真令子完全沒有感受到良心的譴責。伊織感到不知所措，真令子根本不認為是自己的錯，聲稱這是她的誠意，沒有流下一滴眼淚。

✦

當時自焚身亡的母親，就是伊織的孫子佑介交往對象志村響子的祖母瑪莎。瑪莎的小女兒彰子死裡逃生，由松本的親戚撫養長大。之後招贅結婚，生下女兒。那個女兒就是響子，長大之後成為佑介的女友，日前離奇死亡。

雖然我對響子幾乎一無所知，但她的母親彰子在大門街道旁的傾山形同自殺地凍死時，曾經在土岐紀念醫院引起一番議論。有人想起彰子的母親瑪莎自焚身亡的事，有幾個人小聲地說，希望那個名叫響子的女兒不會遺傳到自殺傾向。

現在回想起來，真令子對志村瑪莎的態度絲毫不令人意外，只是當時我完全無法理解。

✦

之後，我和真令子保持距離。

她的獨生子冬司住在神戶的宿舍很少回家，家裡只有伊織和真令子兩個人，但我不知道他們過著怎樣的生活。兩個人都曾經一度不忠，而且彼此都知情，想必是一件痛苦的事。

六年後，冬司考進京都大學醫學系，那剛好是發生日本共產主義者同盟赤軍派，策劃劫持日本航空351號班機的淀號劫機事件隔年，聽說京大的學生運動盛行，不禁有點擔心，但幸好冬司對政治漠不關心。

我邀請伊織夫婦和冬司在茅野的高級法國餐廳為冬司慶祝。多年不見的伊織似乎有點不自在，但當時已經是土岐醫院院長的他舉手投足很有院長的氣勢，真令子還是那麼瘦、那麼漂亮，冬司也長大了。

我持續登山，幾乎征服南北阿爾卑斯山的所有知名山峰，去了被稱為險路的奧穗高岳往西穗高岳的路徑。

「我也登上了憲兵岩。」

我用只有真令子能夠聽到的聲音說，她一臉痛苦地低下頭。看來和加瀨的那件事所留下的傷，仍然沒有完全癒合。

六年的歲月過去，冬司大學畢業，成為醫生。一切看似平靜。

沒想到真令子再度罹患肺膿瘍，之後發展為重症，引起敗血症。聽說一旦發生敗血症，就會引發連鎖反應，病情會持續惡化。伊織立刻讓真令子住進自家醫院，盡一切努力治療，而且之後又像上次一樣，轉往松本的大學醫院，病情卻始終沒有改善。

我當時樂觀地認為，她一定又會好起來。上次也說她命在旦夕，後來還是治好，而且不知道為什麼，我很害怕看到生病的真令子。然而，在十一月一個寒冷的日子，我突然產生了必須去探視她的衝動，簡直就像是受到她的召喚。我憑直覺知道，那時候沒有其他人去探視她。

來到病房後，發現真令子仰躺在單人病房的床上，臉朝向窗戶的方向。我還來不及開口向她打招呼，她沒看我就開口說道：

「芳美，謝謝妳特地來看我。」

真令子緩緩轉過頭。她臉色蒼白，臉頰削瘦，微微睜開的眼睛是灰色。雖然瀕臨死亡，但她的表情中帶著一種像是悲傷的恍惚。我不知道該說什麼，嘴唇顫抖。

真令子注視著我，緩緩揚起嘴角。

「我先走一步了。」

「不可以，妳不要說這種話。」

我費力擠出聲音。真令子好像突然想起什麼，發出呵呵的笑聲。

「其實我全都知道。」

「……妳在說什麼？」

「當初是妳去慫恿加瀨。」

我驚慌失措。她怎麼會知道？

在穗高岳山莊聽說加瀨的事之後，我透過登山的朋友聯絡信大的山岳社，和加瀨見面。我認為既然真令子和我商量這件事，我有必要看一下對方是怎樣的人。如果是不好的男人，就必須讓他們分手，但走進松本咖啡店的加瀨比我想像中更優秀，優秀得有點讓人生氣。於是我就對加瀨說：

——真令子很寂寞。

加瀨有點不知所措。他似乎不知道該怎麼辦。

——比方說，你光是叫她的名字，應該就會讓她有不同的感受。

我當初要求他，絕對不能透露我曾經和他見面的事。我對他說，否則真令子太可憐了。

真令子見我默然不語，繼續說道：

「也是妳讓外子察覺加瀨的事。」

我無法搖頭。我當初並沒有明說。

——真令子這一陣子很開朗。在家裡的時候和之前一樣？太奇怪了。

我只說了這句話而已，但我認為敏感的伊織應該會發現。他識破真令子的演技，用懷疑的眼神看她。

「我太傻太天真了，還得意地以為自己演技很出色。」

真令子輕聲笑了，用好像刀子般的眼神看著我。

「不過妳追根究柢地問我們夫妻生活時的演技太精湛了。」

那是真令子來公寓找我的那一次。我以為她像小學生一樣有問必答，沒想到她已洞悉一切。

「還有……」

還沒有說完嗎？我想要摀住耳朵，頓時就像遭到電擊般想到一件事。真令子也曾經說，她想要摀住耳朵。

「沒錯，我聽到了，我聽到外子的對象就是妳。」

「既然這樣，妳為什麼假裝不知道……」

「我想看看妳會怎麼表演，想知道背叛我，搶走外子的人會露出怎樣的表情。」

我後退著，當場癱坐在地上。

「妳那時候真熱心。呵呵呵。」

她發出像呻吟般的笑。太可怕了。

我把真令子逼入絕境，折磨她，還假裝幫助她擺脫這種痛苦。我是卑鄙的假閨密。難道她早就識破了嗎？

「沒錯，所以我先走一步，之後就拜託妳了。」

真令子仰起頭俯視著我，然後揚起冰冷的笑容。難以想像這個世界上有如此冰冷的笑容。

三天後，真令子離開人世。享年四十五歲。

聽說她最後兩天始終處於昏睡狀態，也就是說，我是她在意識清醒的狀態下見到的最後一個人。

✦

真令子去世時，我表面上很難過，但在內心鬆一口氣。她死了，我仍然活下來。只要活著，就會有好事發生。好死不如賴活，活著的人必勝。

但是，我無法送她最後一程。

如今我對此感到後悔。只要送她最後一程，就可以確認她真的死了，已經無法再做任何事了。

✦

真令子的葬禮在原村的土岐家舉行，醫院的職員、醫療相關人員、病人這些和伊織有交情的人，總共將近三百人都來為真令子送行，但其中幾乎沒有真令子的朋友。伊織冷靜地接待，但不時心不在焉，讓周圍人為他感到擔心。

伊織向醫院請了一個星期的假之後，再度恢復上班看門診，善盡身為院長的職務。醫院的職員和附近的鄰居協助他處理家中的事，我盡可能去土岐家幫忙。因為冬司已經結婚，住在京都，伊織獨自住在寬敞的土岐家。

尾七結束後，左鄰右舍幾乎都不再上門，我提出以後可以協助照顧伊織，但他竟然拒絕了。

「小芳，我沒事。雖然以前一切都交給真令子，但以後我會照顧自己。」

伊織難得又用以前的方式叫我。

「而且真令子也累了。」

我覺得他說的話很奇怪，但猜想他可能還沒有整理好情緒，於是就不再堅持。

有人出入土岐家時，一切都還很正常，但是當沒有人出入時，土岐家充滿了真令子的氣息。伊織從相簿中找出真令子的照片，裝在相框裡，放在家裡各個地方，佛壇前還放了好幾張生活照。

「你這麼做，不是會讓真令子無法安心上天堂嗎？」

我委婉地規勸他，但完全無法奏效。

我帶他去咖啡店，或是開車去美原兜風散心，但伊織整天都在聊真令子的事。

「我想再見她一面，即使什麼話都不說也沒關係，我只想見到她，緊緊抱著她，然後向她道歉。」

「你要為什麼道歉？」

「我太愛她了，我自私的愛情造成她的痛苦。」

我看著扭曲著臉的伊織，再度因嫉妒而心痛。

我找他陪我去百貨公司買春天的衣服時，他在喀什米爾的專櫃買了一件玫瑰紅的開襟衫。我以為他準備送我禮物，但並非如此。

「不能讓真令子著涼，她在夏天之前，都會冷得起雞皮疙瘩，她常常覺得背很冷。」

「但是……你要怎麼給她穿？」

伊織一臉我問了什麼奇怪問題的表情。

「真令子喜歡這個顏色，又喜歡喀什米爾。她膚色很白，深一點的顏色可以把她襯托得很好看。」

即使真令子死了已經超過四個月，他仍然在說這種話。有時候他會意識到真令子已經死去，但所說的都是對她美好的追憶。

「真令子真的是很善解人意的太太，是一個純潔坦誠的人。」

這是天大的誤會，真令子是冷酷無情的女人。臨終前在我面前坦露的真面目狡猾得令人害怕。

但是我無法說出口，我不知道一旦揭露真相，真令子會多生氣。雖然覺得死人應該沒辦法再做什麼，但如果她的靈魂還留在世上，一定會策劃可怕的復仇。

真令子死後，伊織滿臉憔悴，但在春天快結束時，他的食慾恢復，夏天結束時，反而開始發胖。我很納悶是怎麼回事，他對我說：

「真令子似乎沒什麼食慾，我不想浪費做好的料理，所以就全吃掉了。」

他都吃兩人份的餐點。

在家族墳墓所在的菩提寺完成週年忌日後，我難得造訪土岐家。

一打開玄關的拉門，我不由得倒吸一口氣。脫鞋處放滿真令子的高跟鞋、拖鞋和靴子，房間內的狀況更加異樣，從客廳到和室都堆滿真令子的衣服、和服，照片不計其數，用圖釘和膠帶將真令子臉部放大加洗的照片貼滿所有的牆壁和柱子。滿面笑容的真令子、不笑的真令子、注視著鏡頭的真令子。整個家裡都是真令子的臉、真令子的臉、真令子的臉。

真令子生前嘆息說，自己被伊織的愛情支配，如今她用不知道何時會結束的詛咒完全支配伊織。

「這樣的話，真令子不是就可以常伴我左右嗎？」

伊織陶醉地笑著，我抓住他的肩膀大叫著：

「你清醒一點，真令子已經死了。」

伊織的嘴角帶著笑容，低頭看著斜下方。我想把真令子的照片從牆上撕下來，也想把她的衣服、和服都收起來，但伊織阻止我。

「小芳，妳別擔心，我知道妳在擔心我，但暫時讓我做想做的事，否則我無法維持精神的平衡。」

伊織的聲音聽起來很正常，所以我大意了。我認為既然他意識到這是代償行為，那就沒有問題。

於是我就離開伊織家。

✦

人總是以為自己在思考之後做出判斷，然後才採取行動，但實際上可能受到某種力量的操控，在不知不覺中受到引導、支配。有時候以為是自己掌控了一切，但其實是被掌控。

只是當時我並沒有察覺……

✦

之後，我身體出了狀況，為自己的事忙得分身乏術。雖然擔心伊織，但還是必須先照顧好自己。幸好隔年春天，身體狀況好轉，終於有了餘裕。

相隔多日來到土岐家時，發現真令子的遺物都已收好，照片放回相簿。

「你似乎已經恢復正常的生活，太好了。」

「小芳，妳看起來精神不錯。我有一件事想要拜託妳。」

他有點害羞地笑笑。

「妳之前不是提到憲兵岩嗎？我想去那裡，妳可以帶我去嗎？」

他似乎記得我之前在慶祝冬司考進大學時說的話。

「初級者沒辦法爬那裡，但或許有辦法挑戰奧穗高岳。真令子之前只是爬到奧穗高岳而已。」

當我回過神時，發現自己脫口這麼說。

「那我就去奧穗高岳，我想看看真令子以前看過的風景。」

既然他這麼說，我就無法拒絕了。我說必須培養體力，伊織開始去健身房，鍛鍊登山必需的肌肉。

和上次與真令子同行時一樣，我和伊織在十月初去了上高地。我們在凌晨五點從公車總站出發。和真令子那一次，我們走了從德澤往涸澤的那條路線，但伊織說，他想挑戰從岳澤經過重太郎新道的高難度路線。難道因為是男人，才富有挑戰精神嗎？我完全不瞭解情況，並沒有反對。

我們花了不到三個小時就來到岳澤休息站。這樣的速度很不錯。天氣晴朗，樹葉已經泛黃，清晨的空氣很清新。

重太郎新道上有很陡的碎石區和鐵鍊區，有很知名的長梯，我走在前面開始繼續上山。

「這裡很危險，千萬不能大意。」

我頻頻回頭，所花的時間是平時一個人時的一點五倍。中途看到藍天之下，奧穗高岳向西穗高岳綿延山脊雄偉壯觀的景象，不禁露出笑容。

「我們要爬到那裡，你做好心理準備了嗎？」

「沒問題，真令子不是也爬上去了嗎？」

「……是啊。」

又是真令子。我冷冷地回答，繼續走上山。

走出森林後，眼前是一片岩石的荒涼景象，有些岩石像水晶的結晶般突出來，也有些岩石看起來就像是用日本刀削尖一樣。我們在縫隙中尋找些許可以踩踏的地方，繼續往上走。

上午十一點多時來到紀美子平，我們放下行李，繼續向前穗高岳攀登。伊織的體力出乎我的意料，完全不見疲態。來到山頂時，是一片三百六十度的視野，可以看到穗高往槍岳的連綿山峰，相反方向的南阿爾卑斯山後方，還可以看到富士山。

「真令子也來過這裡吧？」

我徹底無視他的感慨說：

「要加快腳步，趕快走吧。」

回到紀美子平，在那裡吃了飯糰當午餐。

「山上真不錯，我來培養登山的興趣吧。」

我大吃一驚。因為真令子說過一模一樣的話，但我沒有提這件事，勸告他說：

「小看大自然會吃大虧。雖然現在是晴天，但山上的天氣很容易變化。」

不經意說的話會變成預言。並不是基於無意識，而是有某種力量讓我們說出這種話。

吃完午餐，即將來到吊尾根。我攀上岩石，確認白漆的印記前進。雖然路差不多有可以兩個人擦身而過的寬度，但旁邊就是絕壁。

經過被稱為最低凹的分歧點後，碧藍的天空中開始飄起像蠶絲般的雲。雲量逐漸增加，短短十五分鐘後，藍天就不見了。氣溫下降，大腿開始感覺很冷。

「小心點，一旦重心不穩就很危險。」

我不時對後方說著，緩緩向前走。有其他登山客跟上來時，就讓他們先走。這一段橫貫斜坡的路很平坦，但其中一側是絕壁，很令人緊張。遇到陡峭的地方，就必須抓住突出的岩石，踩在比鞋子寬度更窄的地方，靠三點支撐把身體向上攀。不小心抓住鬆動的岩石時，就會聽到嘎答嘎答的可怕聲音。

「用手抓住岩石的縫隙，不要看下面。」

「我知道。」

伊織的呼吸從身後漸漸逼近。即將來到吊尾根難關的鐵鍊區時，山嵐突然飄來。天然的石牆時起時伏，聳立在眼前。

「這裡很危險，我們走慢一點。」

「好。」

生命的危險可能趕走邪念，我不再為真令子的事感到煩心，專心攀登絕壁。伊織應該也一樣。那是登山時獨特的團結。每走一步都確認腳下，穩穩地前進。當山嵐飄走，視野開闊時，看到旁邊的碗公狀的山谷張開大口，簡直就像會把人吸進去。但只有短暫的瞬間，周圍很快又被昏暗的白色籠罩，只聽到我和伊織的呼吸聲，還有鐵鍊和岩石摩擦的聲音。

穿越一個人可以勉強通過的岩石縫隙後，鐵鍊區終於結束。前方的山路雖然有高度差，但比較寬，我鬆了一口氣。山嵐飄走，藍天再度露臉，左右兩側陡峭的奧穗高岳形成灰色屏障。

「馬上就到了，如果天氣晴朗，就可以看到憲兵岩。」

我被自己的話嚇一跳。憲兵岩。伊織一定會想起真令子。我從他的動靜，就察覺到這件事。

我們在岩石區時上時下，走向南稜頂。正要放晴的天空又被厚雲遮住，一片濃密的山嵐飄過來，頓時變成白茫茫的世界，連自己的腳下都看不見。我停下腳步。

「我說啊。」

「什麼？」

我聽到伊織的聲音。雖然我們相隔不到一公尺，但因為山嵐的關係，我看不到他的身影。我默默向前走了幾步。

不可以問。必須忘記以前的事。雖然我這麼想，但還是無法制止自己。我停下腳步，對著後方說：

「我們之間發生了很多事。」

「是啊。」

從他的聲音知道，他和我之間維持和剛才相同的間隔。

「那一次的事。」

我相信他知道我指哪一次的事。那時候他說他愛我，緊緊摟著我的手臂和身體到底代表什麼意義？到底有沒有愛？只有我能夠療癒伊織。當時我這麼想，才會以身相許，才會接受他。伊織也渴求我。我一直如此相信。

當人想要得到期待中的回答時，往往會問出期待聽到否定答案的問題。想要藉由對方的否定，得到肯定的確信。

我對著濃霧另一端問：

「當時你和我上床，是為了讓真令子體會到相同的痛苦嗎？」

不是，完全不是這麼一回事，妳在說什麼傻話。我希望聽到這樣的回答，但是，從白色迷霧中聽到的答案不如我所願。

「……也許吧。」

我繼續向前走，不知不覺加快腳步。原來他利用我？他根本不愛我，我只是被他當成向真令子報復的工具嗎？

身後傳來慌張的腳步聲。我轉過頭，腳下傳來岩石崩塌的聲音。

「呃，啊啊！」

那是驚愕的叫聲。從白色迷霧中隱約出現的身影突然消失。伊織發出慘叫，接著是墜落的聲音。

到底發生什麼事？伊織滑了一下嗎？還是重心不穩？或是自己跳下去？

我不知道。我只覺得被自己不是自己的奇妙感覺襲上心頭，雙手留下好像把什麼東西推下去的沉重感覺。

我急忙回到穗高岳山莊報告出事，由於濃霧，無法馬上展開搜索。隔天上午十點多，長野縣警的直升機發現伊織的遺體。他滑落了大約六百公尺。

伊織的死既不是意外，也不是自殺，而是他殺……真令子殺了他。

都是她一手策劃的。她慫恿伊織去奧穗高岳，然後讓我在吊尾根的危險之處產生了非要問他往事不可的心情，在根本不可能有目擊者的濃霧中，讓我惱羞成怒。

我終於知道真令子在臨終前對我說「之後就拜託妳了」這句話的意思。

✦

現在回想起來，我認為從冥界殺人完全有可能。

真令子是一個可怕的女人，至今仍然支配著我。我已經臥床不起，臀部有很嚴重的褥瘡，插了導尿管，即使排便在尿布上也完全不知道。我已經變成這種狀態，她仍然讓我不得好死，把我關在安養院。

當年我認為活著必勝，實在太天真膚淺了。人生會發生意想不到的事。雖然我身體衰弱，但腦筋還很清楚。

我很痛苦。

我耳朵聽不到，味覺麻痺，吃飯如同嚼蠟。

我卻求死不能。

真令子，可以原諒我了吧？

我很想趕快去妳那裡……

人終有一死

「衷心祝賀是枝一太醫生就任信濃中央醫師會的會長，大家一起乾杯！」

市議會議長聲音宏亮地帶領眾人乾杯，其他人跟著附和，四處響起杯子相碰的聲音。三百名醫師會的會員、本市的達官顯貴和醫療相關人員都聚集在這個掛著豪華水晶燈的會場內。我站在後方的牆邊，輕輕舉杯。

我很少參加醫師會的活動，認識的人並不多，而且向來不喜歡參加這種熱鬧的場合，和新會長是枝幾乎沒有來往。我想要對本地的醫療有所貢獻，這才加入醫師會。這是因為如果不參加醫師會，就無法參與學校健康檢查、預防接種和假日急診值班。我在下諏訪湖畔開了一家小診所十五年，小本經營，持續為病人看診。

從東京醫科大學畢業後，我在都立醫院的消化內科工作十年，之後基於某些想法回到故鄉，開了一家診所。每天都忙著為病人看診，沒有結婚，一眨眼就過了知命之年。我從學生時代就很習慣獨立生活，在生活上並沒有任何不便，更不會感到寂寞。

一群人圍著是枝，在會場的前方談笑風生，我遠遠地看著他們，一隻手拿著啤酒，吃著冷盤和壽司。內心深處有一種不自在的感覺，從剛才開始就不停地乾咳。

「這不是土岐醫生嗎？真是稀客啊。」

醫師會副會長是一位骨科醫生，他向我打招呼。他也在下諏訪開業，彼此認識。我幾乎都不參加醫師會的聚會，他看到我出席似乎很意外。

「你不要站在這裡，去前面吧，是枝會長很想見你。」

他推著我走去前面。雖然我和是枝會長沒什麼話可說，但覺得至少該向他道賀。

「是枝醫生，恭喜恭喜。」

「原來是覺馬醫生，謝謝你，沒想到你今天會來參加。」

是枝叫著我的名字，誇張地表現出歡迎的態度。周圍幾個馬屁精理事問他：

「是土岐紀念醫院的覺馬醫生嗎？」

「嗯嗯，他是赫赫有名的土岐家族成員。」

我的家族有很多醫生，父親、祖父、伯父和堂兄都是醫生，因此別人經常用名字稱呼我們作為區別。大正十五年（一九二六年），祖父騏一郎在諏訪郡原村創立的土岐醫院，是土岐紀念醫院的前身。

「原來和一太醫生家一樣，是名門啊。」

另一名理事語帶奉承地對是枝說。是枝的父親和祖父也是醫生，他的祖父是枝甚一是一位精明能幹的醫師會長，被稱為是信濃中央醫師會的中興之祖。

是枝無視那些馬屁精，對我一笑。

「覺馬醫生，你來參加真是太令人高興了，而且你願意加入醫師會，我發自內心感到欣慰。」

我不知道他的意圖，手足無措地鞠躬。副會長骨科醫生在一旁對是枝說：

「會長這麼一說，我想起來了。土岐醫生的家族幾乎都沒有加入醫師會。」

「是啊，雖然我祖父曾經熱心邀請。」

「甚一醫生嗎？所以是邀請土岐醫院的首任院長嗎？」

那個人指的是騏一郎。那些馬屁精意味深長地互看著。因為騏一郎是一個令人頭痛的醫生。

是枝輕咳一下，改變話題。

「對了，覺馬醫生，你為什麼沒有進入自家的醫院工作呢？」

「我當年就是因為不想在大醫院工作，才回來這裡，而且雖然目前仍然叫土岐紀念醫院，但我並不認為是自家的醫院。在我回來這裡時，幾乎已經形同交給別人經營了。」

騏一郎死後，他的長子，也就是我的伯父伊織繼承土岐醫院，不久之後改名為土岐紀念醫院，但伯父五十二歲時，在奥穗高失足墜谷身亡。接著由騏一郎的次子，也就是我的父親長門擔任院長，沒想到我父親接任院長不到一年就在浴缸內溺死了。當時我才十九歲，剛進入醫科大學，伊織的兒子，我堂哥冬司雖然已經是醫生，但從醫學系畢業僅僅三年，沒有足夠經驗可以擔任院長。

無奈之下，只能請外人來擔任院長，因此和信州大學的醫局建立關係，醫院內的醫生人數漸漸增加。在冬司回到醫院擔任院長後，全力投入癌症醫療，發展為全國屈指可數的癌症醫療中心。但是冬司在十二年前，才四十九歲就罹患胃癌死亡，目前土岐紀念醫院內，從院長到醫院的幹部，都沒有任何土岐家族的成員。

「但是幾年前，不是有一名土岐家的醫生從東京回來這裡嗎？」

「你是說佑介嗎？他是冬司的兒子。」

佑介是我堂兄的兒子，就是堂侄。

「就是騏一郎醫生的曾孫嗎？以後應該會當上院長吧。」

這我就不知道了。即使他真的會成為土岐紀念醫院的院長，恐怕也是很久以後的事。副會長插嘴說：

「我也聽說了佑介醫生的事，他是優秀的神經內科醫生。」

「但是他繼承第一代院長的血脈，治療方式會不會一樣激進？」

其中一名跟屁蟲開著玩笑說，幾個人笑了。是枝帶著淡淡的笑容看著我說：

「雖然只是傳聞，但騏一郎醫生似乎有很多奇聞軼事，對病人的指導很嚴格。比方說，有病人不聽話，就把病人打倒在地，結果打破病人的鼓膜。」

「竟然有這種事？未免太過分。」

一名馬屁精理事驚訝地叫了起來，是枝煞有介事地繼續說：

「還聽說他為情緒不穩定的病患注射了藥效太強的鎮定劑，結果讓病人變成廢人。」

「太離譜了，現在可能會被告上法庭。」

「除此以外，還把不遵守規定的病人丟在雪地裡，結果病人就凍死了。」

所有人都默不作聲地看著我。是枝似乎打算在眾人面前給我難堪，但我哪裡得罪他了嗎？

是枝達到目的之後，以從容一笑為自己收場。

「啊呀，真是失禮。因為只是傳聞，就被人添油加醋。即使那些事都是事實，大家也都知道你是出色的開業醫生，對不對？」

「當然。」

所有人都不加思索地回答。我鞠躬後，轉身離開。

我當然聽說過有關騏一郎的傳聞。聽說他脾氣暴躁，動不動就大發雷霆。不光對病人，對員工很嚴厲，只要有人不遵守他的囑咐，就會被他罵得狗血淋頭。

那個理事揶揄繼承了騏一郎血脈的佑介診療可能有問題，難道想要暗示我在診療上也很激進嗎？再怎麼說比起曾孫佑介，我是騏一郎的孫子，血緣關係更密切。但是，那個理事為什麼說那種話？這十五年期間，我沒有犯過任何大錯，安穩地持續行醫，診療過很多病人，很多家庭一家三代都來找我看病。

我回到原本的牆角，感到百思不得其解，這時，身後傳來一個聲音。

「請問……」

回頭一看，一個矮小的白髮老婦人雙手拄著拐杖站在我的身後，從她臉上的皺紋和站立的姿勢，我猜想她應該已經超過九十歲。

「你是覺馬醫生吧？我叫高倉世津，之前在茅野市健康管理中心當保健員多年。剛才聽到是枝醫生提到騏一郎醫生的事，呵呵呵呵。」

她發出可怕的笑聲，臉頰好像在抽搐。

「我在當保健員之前，曾經在土岐醫院當護理長，騏一郎醫生當年很照顧我，所以我有一句話想要告訴你。」

「請問是什麼？」

「雖然是枝醫生剛才那麼說，但騏一郎醫生絕對不是壞人，我至今仍然很尊敬他。」

她用沙啞的聲音毅然說道，很像電視上經常看到的高齡者在談論戰爭經驗時那樣，充滿真切的感受。

「但是他對診療太熱心，才容易招致誤解，其實問題更大的反而是那個是枝……」

前護理長說到這裡，用力咳嗽起來。

「妳還好嗎？」

我輕輕拍她的背，可以清楚感受到她身上的套裝很舊，摸到了她乾瘦的脊椎。前護理長調整呼吸後說：

「不好意思，總之，騏一郎醫生是很出色的醫生這件事不容置疑，有很多病人都很感謝他。該怎麼說，土岐醫院不是治病的地方，去那裡是為了看開。」

我聽不懂這句話的意思問：

「那病人不是會感到絕望嗎？」

「不是，完全不是這樣。」

前護理長著急地搖著頭，再度用力咳嗽起來，我無法繼續追問。她抬起混濁的灰色雙眼看著我，咳得喘不過氣，滿是皺紋的臉上顯露出奇特的信念。祖父騏一郎到底是怎樣的醫生？

我覺得從來不曾謀面的祖父好像在濃霧彼端的遠方呼喚我。

✦

我的祖父土岐騏一郎在明治三十三年（一九〇〇年），出生於諏訪郡原村的農家，他是家中的長子。根據墓碑上所刻的內容，他還有一個弟弟和兩個妹妹，但都在未成年之前就已夭折。騏一郎從小就被稱為是秀才，大正十二年（一九二三年）從京都帝國大學醫學系畢業，考取醫師證照，在大學附屬醫院擔任內科醫生和外科醫生後，於大正十五年（一九二六年）回到故鄉，創立土岐醫院。

騏一郎並沒有參加當地的醫師會，單槍匹馬地行醫。他在昭和三十年（一九五五年）去世，是我出生的六年前，享年五十五歲，聽說死因是肝硬化。

我目前對他的瞭解僅止於此，想要瞭解騏一郎的情況，那位前護理長是活證人，向她打聽顯然最快。雖然在那天的宴會上沒有問她的電話，但只要向茅野市健康管理中心打聽，應該就能夠問到消息。我和本市的健康促進股長認識多年，我打電話問他，他果然認識那位前護理長。

「是高倉世津嗎？我認識她，那個老太太是不是看起來有點可怕？」

股長在電話的另一端苦笑著說。

她在股長進入市公所的昭和五十六年（一九八一年）退休，之後繼續以兼職的身分工作了五年。退休年齡是六十歲，推算可知她是大正十年（一九二一年）出生，今年九十二歲。她從健康管理中心退休之後，一個人在市區內獨居，在平成二十三年（二〇一一年）住進茅野市特別安養院「和睦之家」。

調查到這些情況後，原本打算立刻聯絡和她見面，但我遇到一名有點棘手的病人，耗費不少時間，結果一轉眼，一個月就過去了。好不容易忙完之後，打電話去「和睦之家」，得知高倉世津去世。她在參加是枝的宴會後兩個星期發生腦溢血。

得知無法向高倉世津打聽後，我更想調查騏一郎的事。有關祖父的那些負面傳聞真有其事嗎？

我打電話向在土岐紀念醫院工作的佑介瞭解情況，他說不瞭解詳細情況，但他聽說了和是枝說的內容幾乎相同的傳聞，就是曾經打破病人的鼓膜，或是害病人變成了廢人，在戶外凍死云云。

「你是從哪裡聽說這些事？該不會是醫師會會長是枝醫生？」

「不，是我爸爸告訴我的。」

所以是冬司告訴他的。既然是從其他途徑得知相同的事，是否代表那些傳聞是事實的可能性很高？我有點失望，但還是拜託他，如果有什麼線索可以瞭解騏一郎的事，希望他可以通知我。

幾天之後，接到佑介的聯絡，說他發現了好東西。那是名為『土岐紀念醫院五十年史』的小冊子，上面有騏一郎的照片。星期六晚上，我和佑介約在上諏訪的法國小餐館見面。

我們家族的人彼此的關係都很疏遠，我和佑介雖然住得很近，但四年來只見過兩次面。他有一個哥哥叫信介，在大阪吹田市民醫院胸腔外科當醫生，佑介說，和哥哥已經有兩年多沒見面。

「好久不見，叔叔，你看起來還是很健康。」

佑介向來都叫我「叔叔」。我們用啤酒乾杯後，他立刻拿出小冊子給我看。

『土岐紀念醫院五十年史』是一本A5尺寸，有和紙封面的平裝本，總共有八十二頁。發行日期是昭和五十一年（一九七六年）九月吉日，扉頁照中有創立時和小冊子發行時的醫院照片，第二頁是騏一郎的黑白照片，上面寫著「初任院長」。騏一郎挺著瘦瘦的身體，一臉可怕的表情注視著鏡頭。他留著小鬍子，額頭很寬，眼窩很深，雙眼好像瞪著鏡頭。年紀大約四十五、六歲，看起來就是唯我獨尊，很神經質的人。

「叔叔，你為什麼會對騏一郎曾祖父產生興趣？」

佑介問。

「在醫師會的聚會時，聽到一些關於他的傳聞，就是你上次說的，把病人的鼓膜打破，為病人注射藥性很強的鎮靜劑，還有讓病人凍死的事。這些事都是冬司告訴你的吧？」

「嗯，爸爸似乎對騏一郎曾祖父的印象不太好。」

冬司比我大九歲，騏一郎死的時候，他才三歲而已。三歲的年紀尚小，應該不可能對騏一郎留下負面印象，更不可能記得騏一郎的那些事，那麼，是事後別人告訴他的嗎？

扉頁照的第三頁，是佑介的祖父——當時的院長伊織，和我的父親——當時是副院長的長門的照片，兩個人的照片都是彩色，而且擺出像是在照相館拍照那種裝模作樣的姿勢。伊織、長門兩兄弟都不像騏一郎，看起來都很溫和。

「冬司是聽伊織伯伯說了騏一郎爺爺的事嗎？還是聽真令子伯母說的？」

真令子是冬司的母親。

「不太清楚，我對這些事沒什麼興趣。」

他移開視線，從他端正的側臉中，可以感受到一種難以用言語形容的厭世感。

我翻著『五十年史』，在介紹醫院的變遷之後，有相關人員的投稿，其中也有高倉世津寫的文章。

「你認識這個叫高倉世津的人嗎？」

「不認識。」

「她以前是土岐醫院的護理長，但在五十週年時已經離開了。她有去參加上次醫師會的宴會，她對我說，騏一郎爺爺是很了不起的醫生。有人說騏一郎爺爺好話，也有人說他的壞話，我搞不清楚到底孰真孰假。」

「這本冊子可以給你，目前丟在醫局角落積灰塵，根本沒有人看。」

佑介說完這句話，突然想到什麼似地補充說：

「對了，我爸爸曾經說，是在他小學的時候，聽家教的老師提起騏一郎曾祖父的那些事。聽說那個家教老師之後也當了醫生。」

冬司的家教老師為什麼會告訴他這些事？我問佑介，那個家教老師叫什麼名字，但他說不知道。

回家之後，我仔細閱讀了『土岐紀念醫院五十年史』這本小冊子。首先看了高倉世津的文章。她的文章題目是「不盡的恩情」，內容是感謝醫院給予她的支援。

她出生在諏訪郡米澤村（目前的茅野市），十六歲時進入土岐醫院當實習護士，醫院提供她給付型的獎學金，她順利考取護士證照。之後被拔擢為主任，在二十八歲時，升為內科病房的護理長。騏一郎在六年後去世，提供獎學金和升遷都是由騏一郎決定，因此她深深表達感謝。

讀完文章，可以發現她對騏一郎的正面評價，似乎是因為受到這些恩惠的關係。雖然文章中提到「寬容的心」、「深遠的洞察力」和「對醫學的謙虛態度」，但並沒有任何具體的內容，很懷疑只是她個人的崇拜。

騏一郎去世之後，她在第二代院長伊織的手下工作，在昭和四十三年（一九六八年）去健康管理中心當保健員之前的十三年期間，都一直在土岐紀念醫院工作。

我又接著看了刊登在首頁、由伊織寫的「院長的話」。文章回顧了醫院的歷史，向至今為止參與醫院營運的人表達謝意後，歌頌創始人騏一郎的功績，但他的筆調內斂，完全沒有吹噓的內容，反而顯得太壓抑，讓人忍不住猜想騏一郎的素行是否有什麼不方便描寫之處。

我的父親長門寫了名為「腦中風五十年史」的文章，歸納整理腦血管障礙的研究，是針對從土岐醫院創立時開始的大約四百名病人，回顧分析他們的血壓、抽菸史和鹽分攝取量等詳細數據，結果他本人在五十歲那一年，在入浴時因腦梗塞失去意識，在浴缸內溺水身亡，只能說是一種諷刺。

父親的文章中完全沒有提到騏一郎。而且我現在才想到，從來沒有聽父親談論過祖父的事。父親在昭和五年（一九三〇年）出生，在昭和三十年（一九五五年）從松本醫科大學畢業，騏一郎在同一年死亡，他們父子並沒有一起工作的經驗，再加上父親在此之前讀大學時住在宿舍，可能幾乎不知道騏一郎身為醫生的那一面。

伊織在他的妻子真令子罹患肺膿瘍時，曾經讓她住在土岐醫院，在治療過程中接受騏一郎的指導，應該很信任身為醫生的父親。真令子也應該相信騏一郎，才接受他的治療，如此一來，冬司的父母不可能對冬司說騏一郎的壞話。

佑介說，冬司從家教老師口中得知騏一郎的傳聞，令人好奇的是，那些傳聞和是枝上次在宴會上對我說的傳聞完全一致，簡直就像是出自同一人之口。

我翻閱了整本小冊子，尋找是否還有其他提到騏一郎的文章，但完全沒有任何文章提到具體的事情或是回憶，反而感覺好像刻意避而不談。

難道騏一郎這麼不受員工和病人的歡迎嗎？

我在思考這些問題之際，收到佑介寄來的電子郵件。他告訴我，當年編輯『五十年史』的前事務長目前仍然健在，就是版權頁上的責任編輯大貫昭夫。聽說他在諏訪郡富士見町和女兒住在一起，為了避免錯過機會，我立刻聯絡他。

大貫目前八十二歲，我自我介紹說是長門的兒子時，他充滿懷念地對我說：「原來是副院長的公子。」父親在醫院的最後一年是院長，但在伊織擔任院長的二十四年期間，他都是副院長，因此高齡的大貫這麼說在情理之中。他立刻答應和我見面，於是約定隔週的週六造訪他家。

富士見町位在原村隔壁，從下諏訪開車前往大約四十分鐘左右的距離。我比約定時間提早五分鐘抵達，大貫已經等在門外。

「你是覺馬醫生嗎？歡迎你來我家。」

大貫耳背，在通電話時說話很大聲，見面時同樣用隔了三棟房子都可以聽到的聲音迎接我。一走進玄關，他的女兒帶我走進客廳。

我拿出『五十年史』，湊到大貫耳邊說：

「聽說這本書是由你編輯的。」

「喔喔，真懷念啊，應該有將近四十年了。當年編輯這本小冊子時，院長和副院長都很健康，醫院也一帆風順。」

在彼此的心情都稍微放鬆後，我問了騏一郎的事。

「扉頁照的第二頁，就是第一代院長騏一郎，但我對祖父、幾乎一無所知，所以很希望、你可以告訴我一些祖父的情況。」

我放慢速度對他說，方便他聽得更清楚。大貫表情有點僵硬地說：

「你要問老院長的事嗎？嗯，總之他是一個可怕的人。」

他似乎並不願多談，於是我問了大貫本身的情況。他在昭和六年（一九三一年）出生，從本地高中畢業後，進入土岐醫院工作，直到騏一郎去世的六年期間，一直在騏一郎的手下工作。

「你也曾經挨過我祖父的罵嗎？」

「是啊，我忘記為院長室的花瓶換水，他就勃然大怒，嚇得我魂不附體。」

「爸爸，這是你的錯啊。」

大貫的女兒在一旁責備他。

「祖父曾經對你動手嗎？」

「那倒是沒有，但他真的很可怕。只要對員工不滿，就會一把抓住員工的胸口，按在牆上。當時我們這些年輕人整天提心吊膽，不知道他的拳頭什麼時候會打過來。」

「聽說他對病人很嚴厲。」

「反正他的脾氣很暴躁，在診察室內經常罵病人。」

「是因為對診療太熱心了嗎？」

我借用高倉世津的話問道，但大貫並沒有表示肯定。

「並不是熱心，而是只要有人不順他的意，他就會大發雷霆。病人的病情沒有改善，他也會罵病人，好像是病人的錯，病人很受不了。」

「這太不應該了，病人未免太可憐。」

我表示同意，大貫繼續批評騏一郎。

「我進土岐醫院的時候，老院長的腦筋可能開始有點問題，有時候好像靈魂出竅一樣在那裡發呆，有些病人他直接放棄治療，不為他們進行檢查。」

「爸爸，你說得太誇張了。」

他的女兒拉著他的袖子，大貫甩開女兒的手繼續說：

「我說的都是事實啊，即使病人央求，他也堅持不治療，還有的病人被老院長看診之後，就沒有再來。」

騏一郎果然有問題嗎？我突然想起高倉世津說的話。

——土岐醫院……去那裡是為了看開。

「大貫先生，請問你記得高倉世津女士嗎？」

「護理長嗎？我記得她。」

「我不久之前見到高倉護理長，她對祖父表示稱讚。」

「那當然啊，有傳言說，護理長是老院長的這個。」

他豎起關節粗大的小拇指，代表情婦的意思。

「你又隨便亂說了。」

他的女兒再度責備父親，大貫這次沒有反駁，從乾澀的嘴唇之間微微吐出舌頭。

我想要打聽騏一郎的那些傳聞。起初用很迂迴的方式問。

「我聽別人提過祖父很粗暴這件事，但他和病人之間有沒有發生過什麼問題？」

「你是指什麼問題？」

「就是讓病人受傷，造成很大的問題之類的。」

「不，再怎麼樣，也不可能那樣對病人……」大貫否認到一半，又語帶保留地說：「至少據我所知是這樣。」

大貫認識的騏一郎是他晚年的六年期間，也許並不知道之前的事。即使這樣，如果騏一郎曾經把病人的鼓膜打破，讓病人受這麼嚴重的傷，或是用藥物把病人變成了廢人，應該會留下傳聞，更何況是讓病人凍死這種事，不可能不知道。

「你有沒有聽說在你去那家醫院之前，曾經發生過什麼事，或是我的祖父以前很暴戾之類的事？」

也許是因為我問話的方式聽起來有言外之意，大貫訝異地歪著頭。

「比方說，是怎樣的事？」

「像是曾經把病人的鼓膜打破之類的。」

「沒有。」

「或是使用藥物過量，導致病人變成廢人。」

「我沒聽說過這種事。」

「還有曾經讓病人在雪地中凍死。」

大貫聽到這裡，帶著警戒的神情陷入沉默。他可能猜想我是來調查馱一郎的罪孽。

「我聽說了這些傳聞，想確認真偽。」

「老院長雖然很可怕，但並不會亂來。他的脾氣的確很暴躁，個性有點古怪，不過是很出色的醫生。」

我覺得他的態度和剛才不一樣，他可能不希望我因為一些莫名其妙的懷疑，污衊他工作多年的醫院名譽。

我為他願意告訴我這些往事道謝後站起來，大貫起身送我。當我在玄關穿鞋子時，大貫的女兒用他聽不到的聲音對我說：

「我爸爸開始有點失智了，你不要把他的話太當真。」

「好。」

我離開了大貫家，但我不知道哪一個部分不能當真。

✦

隔週的星期一，上午診的最後一個病人是上原夫婦。

在電腦螢幕上的病人名單上一看到那個名字，我既覺得棘手的病人又來了，同時又產生了必須盡身為醫生職責的使命感。

病人是丈夫健治，罹患大腸癌，已經轉移到肝臟，病入膏肓。他的太太小百合陪他來看病，從初診時開始，她每次都陪丈夫一起來看診。

在是枝就任醫師會會長的那場宴會後不久，他們第一次來診所看診。當初就是因為忙於和這對夫妻打交道，在得知高倉世津的聯絡方式後，沒有時間和她聯絡。

「我先生一直說感覺肚子怪怪的，但之前的醫生甚至不為他安排檢查，這應該是醫療疏失吧？」

在診斷結果出爐後，小百合氣勢洶洶地對我說，絕對無法原諒之前為健治看診的私人診所醫生。健治今年四十七歲，自己做生意，從半年前開始就覺得腹部不舒服，去了附近的診所看診，但因他疼痛之處時左時右，所以診所醫生只為他處方了抑制腹痛的藥，繼續觀察病情的發展。

他們在朋友的推薦下，來我的診所看診。我為他做了大腸鏡後，發現在下行結腸有一個直徑兩公分的惡性腫瘤，在同時進行的超音波檢查中，發現癌細胞已經轉移到肝臟多處。
我向他們說明結果後，小百合情緒失控地大叫起來。
「怎麼可能？我們一直找附近的醫生看診，怎麼可能是癌症？一定是搞錯了，如果是誤診，我絕對無法原諒。」
我並非不能瞭解她的心情，但四十五歲的小百合似乎在情緒控制方面還不夠成熟。她很漂亮，臉蛋看起來很幼稚。健治本人比較平靜，雖然臉色蒼白，但冷靜地聽我說話。
「可以動手術嗎？」
「目前已經轉移到肝臟了，手術很困難。」
「能不能連同轉移到肝臟的部分一起切除呢？」
我默默搖頭。小百合用幾乎像是慘叫的聲音大叫著說：
「這麼說起來是無藥可救了嗎？我無法接受，絕對無法接受！」
她雙手捂著臉哭了起來，健治撫摸著她的肩膀安慰她。我覺得很傷腦筋，但只能等她情緒慢慢平復。健治溫柔地安慰她，但她仍然哭個不停，最後忍不住斥責她：
「妳夠了沒有！哭也沒辦法解決問題，目前的當務之急，就是要思考接下來該怎麼辦。」
「說這種話有什麼用？不是已經無藥可救了嗎？根本沒辦法，這下子完了。」

小百合不服輸地反駁。健治的情緒變得比妻子更加激動，他怒斥妻子：

「王八蛋！妳有什麼資格決定？不能輕言放棄，一定有可以解決的方法，醫生，對不對？」

我無法點頭回答「對」。雖然可以進行維生醫療，但不可能治好癌症。我知道自己很滑頭，但還是搬出平時向癌症病人說明時的那套說詞。

「即使無法動手術，但現在有一些效果理想的抗癌劑。」

所謂「效果」，只是針對延命的效果，並不是治療癌症的效果，但這番話可以讓病人產生希望，稍微恢復冷靜。

「我會開轉診單給專門治療癌症的醫生，請你盡快開始治療。」

「我瞭解了。」

我開了一張把他轉介到附近綜合醫院的轉診單，交給健治。

沒想到隔天門診時間還沒到，他們就在診所門口等我。他們希望我重新開一份轉介到大學醫院的轉診單。

「我們上網查了之後，發現這家綜合醫院並沒有公布癌症治療的成果，既然沒有相關的數據資料，不就代表在這方面沒有太大的成果嗎？」

「醫生，拜託你，我希望我老公可以在更好的醫院接受治療。」

他們夫妻沒有孩子，也許是因為如此，感情特別好。我修改了轉介醫院，把轉診單交給他們。

健治住進大學醫院，在腫瘤內科接受抗癌劑治療。小百合真的打算要控告之前那個診所的醫生，來問我很多問題。她也找了律師，但律師並沒有理會她。這是理所當然，雖然她認為那個診所的醫生明顯有疏失，但這也很難證明。或許我該對她實話實說，但看到她因悲傷和憤怒深受打擊的樣子，就什麼話都說不出來了。

隔了一段時間，小百合忙於照料健治，訴訟的事不了了之。我正為此鬆了一口氣，沒想到他們今天又找上門。既然健治也同行，可能他已經從大學醫院出院了。

健治形容枯槁，完全無法和以前相比。

「大學醫院的醫生說，已經無法進一步治療，就在昨天出院了。」

健治雙手撐在腿上，語帶呻吟地說。小百合在他身後捂著嘴。

「醫生竟然說沒有治療方法，這不是太奇怪了嗎？」

不，罹患癌症後，在某些狀況下，不進行治療反而對病人比較好。雖然這句話已經到了喉嚨，但我還是沒有說出口。健治把所有的希望都寄託在治療上，要他放棄治療，等於向他宣布死亡。我考慮到他們的心情，盡可能息事寧人地說：

「癌症治療有很多困難的問題。」

「但並不是沒有治療方法，不是嗎？這不是醫生怠忽職守嗎？簡直就是臨陣脫逃，癌症這種疾病，如果不治療就會死。」

「雖然是這樣……」

我很想告訴她，治療的副作用經常會縮短病人的生命，但還是無法說出口。當病人面對死亡感到害怕，拚命掙扎時，怎麼能夠說這種剝奪他們最後希望的話？

健治呼吸困難，越說越激動。

「我還不能死，我還有沒有完成的事，無論如何都必須活下去。即使抗癌劑不行，不是還有放射線治療和免疫療法嗎？」

小百合語帶悲痛地說：

「聽說高麗菜和花椰菜有助於改善大腸癌，而且網路上說，舞菇和金滑菇所含有的ß－葡聚醣可以抑制癌細胞增加，在他住院期間，我都下廚，每天讓他吃三十公克的花椰菜和二十公克的舞菇。聽說舞菇不要洗，直接吃比較好。除此以外，還讓他攝取番茄的茄紅素、海帶苗的褐藻醣膠、綠茶的兒茶素，還有黃豆的異黃酮，提升他的免疫力。網路上有人說，曾經有已經轉移到肝臟的末期癌症病人靠這種方法痊癒。」

健治喘著氣，接著說：

「報紙上曾經介紹重粒子線治療，和硼中子捕獲治療，還有殲滅癌症幹細胞的奈米抗癌劑等最新的治療方法。醫院方面完全沒有試這些方法，就說我的狀況已經無法治療，不是太不負責任？」

不，每種治療方法都有適用的對象，即使不用試，也知道對你的癌症無效。雖然我這麼想，但還是說不出口。

健治抬起頭，用賭上整個人生的眼神看著我：

「土岐醫生，至今為止，我看過很多醫生，沒有人能夠像你一樣，設身處地為病人著想。我相信你，請你為我尋找能夠治好我癌症的醫院，拜託你了。」

「拜託你。」

他們夫妻兩人都深深鞠躬，額頭幾乎碰到膝蓋。大學醫院判斷他不要再繼續進行治療比較好，哪家醫院會接受這樣的病人？也許不該執著於治療，而是更有意義地使用剩餘的時間。

雖然我這麼想，卻無法說出口。當我陷入猶豫，不知該如何表達時，小百合似乎被逼急了，加重語氣說：

「我相信如果醫生你得了錯過治療時機的癌症，也會有同樣的心情。」

不可能。姑且不論剛當醫生的時候，在治療過很多癌症病人，經歷多次悲慘的經驗後，無法再產生同樣的想法。病人和醫生之間的鴻溝比普通人想像的更深。

我努力克制著內心的想法，明知道是欺騙，但還是回答說：

「好，我會盡最大的努力，希望可以找到理想的醫院。」

「謝謝，來拜託你果然是正確的決定。」

健治費力地抬起乾瘦的脖子，滿是皺紋的臉上露出笑容。小百合也忍著嗚咽，默默地深深向我鞠躬。

◆

騏一郎到底是怎樣的醫生？

想要瞭解這件事，最快的方法或許就是直接查閱他之前寫的病歷。只要能夠找到那些傳聞中的病人相關的紀錄，或許就可以瞭解是什麼狀況。我問了佑介，他說以前的病歷都保存在醫院地下室的病歷資料庫。

我趁星期三診所休診的日子，難得地造訪土岐紀念醫院。

去病歷資料庫之前，我先去拜訪了若林院長。若林是五年前來自信州大學的內科醫生。我來到三樓的院長室，看到了歷任院長的肖像照。騏一郎、伊織和長門的照片和在『五十年史』的扉頁照相同，在經歷兩任從外面聘請的院長後，第六任院長冬司的照片也在其中。

我為佑介在這裡很受照顧，向若林院長表達感謝，若林誠惶誠恐地說：

「不不不，佑介醫生幫我們很多忙。他很受病人的歡迎，現在是醫院內工作表現最出色的人。」

我提出想要調查騏一郎的資料，他馬上同意我進入病歷資料庫。

我去事務部借鑰匙，沿著昏暗的樓梯來到地下室。病歷資料庫位在停屍間後方。

打開電燈的開關，積滿灰塵的日光燈閃了幾下之後亮起。鐵架子像梳子狀般排列，資料庫內瀰漫著霉味。聽若林說，土岐紀念醫院在診療結束十年之後，就會將病歷丟棄，但騏一郎、伊織和長門為病人看診的病歷作為醫院的歷史資料，保管在其他的架子上。

那個架子放在最深處的牆邊。三個人看診的病歷每年裝訂成一本，排放在那裡。騏一郎的合訂本從大正十五年（一九二六年）的第一本開始，到昭和三十年（一九五五年）為止，總共有三十本，從這裡找出傳聞中那幾個病人的病歷簡直像大海撈針，根本是不可能的任務。

我試著拿出昭和十八年（一九四三年）的合訂本，已經泛黃的紙上用鋼筆寫了許多小字。

最初的病人似乎得了胃潰瘍，在症狀欄內寫著「Magenschmerzen」（胃痛）、「Durchfall」（腹瀉）等德文，處方「scopolia extract」、「Adsorbin」和「愛表斯錠」，並要求「三餐飯後服用」。

也有外科的病人，在「Analfissur」（肛門裂傷，也就是所謂的肛裂）病人的病歷上，畫了患部的位置和大小，「處置」欄內寫著「插入黃藥水紗布。無菌紗布」。

除此以外，還可以看到傷寒、副傷寒熱、細菌性赤痢和天花等現代根本看不到的病名。病歷記錄詳細工整，可以瞭解到騏一郎做事一絲不苟的態度。

中間有一份很厚的病歷，翻開一看，病人是一名二十七歲的女性，職業欄內寫著

「護士」。主病名是「肺結核」，病歷的內容如下：

「患者升為主任之後，在傳染病房擔任護士，熱心投入護理工作，照顧的病人中也有結核病人。每天要照顧五十名病人，雖然在預防感染方面並無疏漏，並注意自身健康管理，但二月十日傍晚感到渾身發冷，同時有發燒症狀。隔天早上在病房內昏倒。主訴症狀為全身倦怠、食慾不振、咳嗽，應病人本人要求，住院治療。」

雖然那個病人並非土岐醫院的護理師，但還是來找騏一郎看病，住院治療。當時還沒有治療結核病的藥，只能靠靜養和日光浴進行治療。騏一郎在安排病床位置時特別用心，同時還特別提供雞蛋、牛奶和乳酪為病人補充營養。

但治療過程不如預期，病歷上記錄「容貌憔悴」、「喀血兩百公克，主訴胸骨內側隱隱刺痛」、「吞嚥疼痛，只能吞食流質食物」等症狀惡化的情況。

在記錄治療內容的「治療方法」欄內，寫下「為缺乏有用的治療方法深感懊惱」、「有些病人靜養後病情改善，有些病人卻未見好轉，兩者究竟為何不同？」等心情和疑問。

由於病人的病情每況愈下，騏一郎擔心預後情況，最後決定為病人做胸廓成形術。胸廓成形術是切除部分肋骨，壓縮肺部的病灶部，抑制結核菌增殖的方法，在當時被認為是最有效的治療方法，但同時會對身體造成極大負擔，風險又很高。騏一郎在「治療方法」欄中，留下舉棋不定的思考過程。

「雖然很瞭解其危險性，事到如今，除了胸廓成形術，已無他法。」

「手術風險太高，猶豫是否要執刀。」

最後在昭和十八年（一九四三年）四月四日動了手術，根據「手術意見」欄內所記錄的內容，在局部麻醉的情況下，切除右側第一肋骨到第四肋骨。該手術壓縮了位在右側肺尖的主病灶，空洞消失。

術後的情況良好，病人不再咯血，食慾增加，飲食方面開始吃全粥，飯後可以吃水果和羊羹。騏一郎為手術成功感到高興，寫下「體力恢復明顯」、「退燒、脈搏正常，令人放心」。

病人右側肺部的中肺葉上也有小病灶，騏一郎為了壓縮這個小病灶，在五月十日進行追加手術。這次只切除第五和第六根肋骨，但在手術後發生感染，從肺膿瘍發展為膿胸。如果是現在，只要使用抗生素就可以治療，然而當時缺乏有效的治療方法，騏一郎只能再次動手術進行胸腔引流（排膿），同時摘除整個右肺，病人的身體狀況持續惡化，騏一郎不眠不休地投入治療。

「創部排膿，膿量驚人，病患主訴痛苦。」

「深夜惡寒戰慄，更換無菌紗布。」

「創部水泡破裂，大面積糜爛，疼痛不已。」

「突然胸悶不已，持續囈語。」

在這些悽慘的記錄之後，病人終於在六月十八日黎明時分臨終。

「用嘴呼吸後心跳停止。凌晨四點零五分確認死亡。」

在空了數行之後，寫了以下的內容：

「鄙人追求根治疾病，決定進行追加手術，顯然是在治療上貪心的結果，慚愧之至。」

「貪心」和「之至」這幾個字上，有墨水暈開的痕跡。應該是落淚造成的結果。從這份病歷可以瞭解到騏一郎對醫療的熱心和誠懇。這樣的醫生會對病人施暴，或是讓病人變成廢人或是凍死嗎？

把病歷的合訂本放回架子後，又拿出一本比較新的合訂本。昭和二十七年（一九五二年）。那是騏一郎死亡的三年前診療的記錄。

翻閱之後，看到主病名是「胰臟癌」的記錄。病人是四十六歲的男性，腹部有拳頭大的腫瘤，出現黃疸，已經是無法手術，也無法使用抗癌劑治療的末期病人。

「病人追求治癒，但癌症乃不治之症，到底該告知病名，消除病人的疑心，還是繼續診斷為腹膜炎，繼續虛假的治療？煩惱不已。」

這段內容顯示騏一郎意識到「知情同意」（informed consent）的問題，可說是走在時代前端的想法。同時他注意到當時剛開發的最新抗癌劑，向大學醫院瞭解了詳細情況。

「前往大學瞭解氮芥劑和葉酸拮抗劑的療法，毒性甚強，嚴重影響病患體力，卻未充分說明，持續進行治療，若造成病患死亡，和人體實驗有何差別？」

在那個年代，還沒有醫生必須用病人得以瞭解的語言，主動告知病人病情、可能之治療方案、各方案可能之風險與利益的「知情同意」觀念，就連我年輕的時候，在大學醫院內，經常因為醫生的需要，在病人身上試用各種新開發的藥物。目前會在明確說明的基礎上，聲稱是「臨床實驗」，但本質還是人體實驗。

騏一郎很早就發現這種欺瞞行為。這是盲目過度相信醫療的人無法產生的心境，由此看來，騏一郎應該是為人謙虛，為病人著想的醫生。

繼續往下看，發現病歷上記錄為這名病人嘗試各種治療的內容，在病情惡化後轉入特別病房，為病人注射點滴、輸血、氧氣治療、腹膜透析，最後在意識不清的狀況下發高燒，出現全身浮腫、吐血、血便、下肢壞死等症狀。如此熱心為病人治療，需要發揮相當的技術和耐心，同時還需要發揮不放棄病人的堅強意志。這不正是身為醫生的誠意嗎？

我認為已經充分瞭解騏一郎身為醫生的資質，覺得不需要在意那些陰險的傳聞。

沒想到在這名病人病歷的最後一頁空白處，看到了以下這行字：

「人終有一死。」

每一個字都寫得很用力，有些地方因筆尖壓得太用力，導致筆跡都分岔了。

這句不吉利的話到底是怎麼回事？熱心治療病人的騏一郎，為什麼寫下這句如此厭世的話？

我站在散發著霉味的病歷資料庫內，看著這句匪夷所思的話出神。

✦

一個星期後，上原夫婦再次來到診所。

健治看起來精神很好，和一個星期前判若兩人。他一看到我，立刻用有力的聲音向我道謝。

「醫生，謝謝你，吃了你開的藥之後，身體狀況大為改善。」

我忍不住歪著頭納悶。我處方給他的只是整腸劑和維他命，因為他說在找到新的醫院之前，希望我可以開一些藥讓他在家服用，我在無奈之下，開了這些藥給他，而且向他說明過藥的內容。

小百合表現出很瞭解狀況的態度說：

「聽說高劑量維他命C療法也是治療癌症的方法之一，我相信你開給我老公的維他命劑，應該發揮出類似的效果。最近我老公食慾很好，而且身體不會像以前那樣疲累了。」

「不，我認為那是因為沒有繼續服用大學醫院那些副作用很強的藥物。」

我據實以告。小百合笑著否認說：

「不是這樣，從大學醫院出院前一週開始就停藥了，但他的身體狀況完全沒有改善。」

「副作用需要一段時間才會消失。」

即使我如此說明，上原夫婦仍完全不接受。

健治的氣色的確大為改善，體重應該比上個星期增加了一兩公斤。體力恢復是一件好事，但有利有弊，因為可能讓病人產生癌症或許可以治好的希望。

有些癌症的確可以治好，但像健治那樣，癌細胞已經轉移到肝臟多處，對抗癌劑沒有反應，就真的回天乏術。距離死亡的時間就像沙漏中掉落的沙子般持續減少。不必執著於治療，趁還有體力時有效運用剩下的時間，才能讓這些時間過得更有意義。為此，首先必須接受死亡。如果拒絕死亡，時間就會浪費在徒勞無益的治療上，反而可能導致縮短生命。

不祥的預感成真了。健治繃緊全身對我說：

「我認為再努力一段時間，就應該有體力應付大型手術。我會努力，希望可以接受切除所有癌細胞的手術，所以土岐醫生，麻煩你幫我找一家好醫院，拜託了。」

他們夫妻兩人再度一起深深向我鞠躬。

「……我瞭解了，我會盡最大的努力。」

我只能這麼說。雖然他在這種狀態下動手術，等於是在自殺，但他們懷抱或許有機會治好的希望，我無法把他們推入絕望的深淵。我唯一能做的事，就是一再拖延找醫院這件事，等待健治的體力再度惡化，主動放棄動手術的想法。

當他們準備走出診間時，我對他們說：

「加油，但千萬不要勉強。」

我在說話的同時，覺得自己的舌頭簡直就像抹布。

不久之後，一齣持續受到好評的兩個小時電視劇播出了。

『奇蹟病歷——拯救癌症難民的手』。

這齣電視劇由因連續劇爆紅的熟年男演員、廣告代言熱門人選的偶像劇演員，和原本是偶像的女演員這三名演員主演，原著是一名醫生作家的作品。

劇情走雙主線路線。分別是在健康檢查中發現自己罹患胃癌的主角，和雖然是醫術高明的名醫，卻因為個性古怪而被趕出醫局的外科醫生。

男主角認為在健檢中發現罹癌反而是幸運，以積極的態度接受手術，沒想到癌細胞轉移到肝臟。雖然在大學醫院接受抗癌劑的治療，但無法消滅轉移的癌細胞，主治醫生告訴他，無法再繼續治療。

被趕出醫局的外科醫生拒絕都市區某家醫院的邀請，獨來獨往的他前往外縣市醫院任職。男主角輾轉前往多家醫院，但醫院方面都拒絕為他治療，他成為癌症難民，幾乎陷入絕望。但是他在妻子的鼓勵下，努力在網路上尋找醫院，最後終於找到了獨來獨往的那名外科醫生任職的醫院。

外科醫生告訴男主角，手術的難度很高，但對主角夫婦積極治療的熱切心情產生共鳴，同意為男主角治療。由於採用了在進行手術之前，用導管治療縮小轉移的新療法，最後長達十個小時的手術終於成功。病人和醫生沒有放棄治療，不放棄微小的可能，齊心協力奮鬥，終於奇蹟似地戰勝癌症。

看完這齣電視劇，我感到煩惱。這種電視劇有百害而無一利。癌症並沒有那麼簡單，一旦錯過某個時期，不進行任何治療反而更理想，因此醫生都會建議病人控制治療，但這齣電視劇把做出這種判斷的醫生當成壞人，把採取高風險治療方法的醫生捧為英雄。由於是電視劇，理所當然手術成功，但在現實生活中，有百分之九十九的機率會讓病人的生命縮短。

原本以為這種電視劇很快就會被人忘記，沒想到看了隔天的報紙後發現，在電視劇進入後半部時，收視率迅速上升，結尾時的收視率將近百分之二十。之後，周刊雜誌和綜藝節目也都討論這齣電視劇，很多人都深受感動。

尤其是外科醫生的台詞引起共鳴。

——手術成功的機率只有百分之一，即使這樣，也不能自己放棄希望。

由憂鬱小生型的偶像劇演員嘆著氣說出這句話，格外具有說服力。

——我絕對不會放棄病人，在最後一刻之前，都不會放棄治療。

就連這種乏善可陳的台詞都引起極大共鳴。據說原著作者是醫生，我對這個作者竟然寫出這種天真的故事感到無奈，作者不是缺乏第一線的經驗，就是為了迎合市場。

我暗自希望不會因此帶來麻煩，隔週，上原夫婦來到診所，用好像在報告好消息的語氣對我說：

「我太太上網查了之後，找到一家很好的醫院。我們帶了大學醫院的檢查報告去看診之後，醫生說手術雖然有難度，但可以進行。我們擔心萬一你也幫我們找了醫院，就第一時間來報告。」

健治看起來很性急，似乎巴不得馬上去那家醫院。小百合臉上也充滿了希望的光芒。

「醫生，你有沒有看上個星期的電視劇？我們的情況和那齣電視劇一模一樣，簡直就像是以我老公為範本寫的故事。」

我無言以對。即使情況一模一樣，也不代表結果會一樣。

「醫生有沒有向你們說明手術的風險？」

「當然，那位醫生說不會勉強動手術。但是只要有百分之一的可能性，我就打算接受手術。」

——不能自己放棄希望。

健治的眼神似乎在這麼說。

（不要抱有過度的期待，接受過度的手術，可能會因手術本身奪走生命。）

雖然腦海中浮現該說的話，卻無法說出口。上原夫婦此刻全身充滿希望，把細如髮絲的可能性放大到如粗繩。身為醫生，是否該告知正確的資訊？那就是要求他們放棄手術，但是他們終於找到生命的希望，把他們推入絕望的深淵真的是正確的行為嗎？

也許我只是不想當壞人。我沒有說病人不想聽的話，只說了一些言不由衷的鼓勵打發他們。這是最輕鬆的方法，但身為醫學專家，這種行為顯然不夠誠實。

✦

我去土岐紀念醫院的病歷資料庫一個月後，意外接到佑介的聯絡。

「關於騏一郎曾祖父的傳聞似乎是事實，病歷上留下相關的記錄。」

「你找到受害患者的病歷了嗎？你是怎麼找到的？」

「另外有診療摘錄，我在那裡看到很像這些情況的記錄，於是去找了病歷，發現病歷上的內容幾乎和傳聞相同。」

診療摘錄就是醫院針對住院病人的住院過程，簡單歸納成一頁的內容，所以去確認所有病人的診療摘錄也並非不可能的事。聽到騏一郎的傳聞似乎是事實的消息很不是滋味，祖父果然是荒唐離譜的醫生嗎？

佑介說，已經找出了那幾份病歷，我在下一次休診日的下午，再度造訪土岐紀念醫院。

「跟我來。」

我跟著佑介下樓來到病歷資料庫，有三本病歷合訂本放在架子的空處。

「被打破鼓膜的應該是這名病患。」

他翻開貼了標籤貼的那一頁。那是昭和十四年（一九三九年）的合訂本。病人是二十六歲的男性，因肝炎和慢性胰臟炎住院，副病名為「右鼓膜裂傷」。

「雖然已經禁止這名病人喝酒，但病人多次違反規定，帶酒到病房，和其他病人一起在屋頂上喝酒，剛好被騏一郎曾祖父抓到，在盛怒之下打了他，結果就把他的鼓膜打破了。」

病歷上寫了以下的內容：

「發現病人在屋頂喝酒，雖口頭提醒，但對方不從。」

「鄙人毆打導致病人右耳鼓膜裂傷。」

昭和十四年時，騏一郎三十九歲，或許仍然血氣方剛。但即使病人有錯，把病人打到鼓膜破裂，終究是無法原諒的事。

「施打強烈鎮靜劑而變成廢人的，應該是這個病人。」

佑介打開第二本合訂本。那是昭和十七年（一九四二年）的合訂本，病人是三十歲女性，主病名是「精神分裂症」，就是現在所說的「思覺失調症」。

「雖然病歷上並沒有寫『廢人』這兩個字，但在診療摘錄上出現這兩個字。這種劑量，的確會讓病人變成廢人。」

佑介遞過來的診療摘錄上寫著：「昭和十六年十月後，不動無語，形同廢人。在十七年九月死亡出院之前，都一直仰臥病床。」

服藥的內容為「佛羅拿（Veronal）三點五公克」、「鹽酸嗎啡三百毫克」、「鴉片散十五公克」。佛羅拿是巴比妥酸鹽類的安眠藥，通常使用量為一公克以下。抑制癌症造成的疼痛時，會大量使用嗎啡，但通常每天使用量為二十到一百毫克之間。鴉片散用於止痛、止腹瀉和止咳，我不太瞭解這種藥物的合理使用量，但十五公克的量應該很多。

「最後在醫院外凍死的應該是這個病人。」

佑介翻開昭和二十年的合訂本，病人是十八歲的男性，主病名是傷寒。

「這名病人似乎有智力障礙，因擔心造成傳染，於是就把他安排在隔離病房，但他三不五時從醫院逃走，於是給他穿上約束衣，他就在三更半夜大喊大叫，護士為他脫下約束衣，他就在深夜從病房逃出去。值班醫生發現後，立刻找了騏一郎，他們和所有護士一起四處找人，仍然沒有找到，隔天早上，發現他在醫院的後院凍死了。」

病歷上寫著以下的內容：

「發現時，俯臥在雪地上，確認死亡。」

這和是枝所說的情況略有不同。是枝說騏一郎把不遵守規定的病人丟去雪地，導致病人凍死，但其實病人是自己走出去。

但我必須承認，那些傳聞並非無中生有，而是很接近事實。我很失望，但佑介似乎並不介意。

「這是很久以前的事了，聽說騏一郎曾祖父脾氣很暴躁。」

——只要不順他的意，他就會大發雷霆。

我想起之前在土岐醫院擔任事務長的大貫說的話。佑介把三本合訂本放回架子後說：

「我想瞭解當時的治療情況，於是就隨便抽出來看，騏一郎曾祖父似乎對醫療抱著懷疑的態度。雖然讓肺結核的病人靜養和曬太陽，但他認為這根本稱不上治療，還說癌症治療根本就像亂槍打鳥，新的治療其實都是人體實驗。」

「他在病歷上寫了這些嗎？」

「是在『治療方法』欄內的意見。我猜想他可能為自己的無力感到羞愧，甚至還寫到早知如此，還不如當初什麼都不做。」

「我也看到了，他寫了『慚愧之至』這幾個字。」

「他的想法走在時代的尖端。醫療不可過度，尤其想要治好癌症或是其他罕見疾病等不治之症，往往會造成反效果。」

佑介露出不符合他年齡的老成笑容。

「看來你也吃了不少苦。」

「我是神經內科醫生，經常遇到ALS（肌萎縮性脊髓側索硬化症）、脊髓小腦萎縮症這些不治之症。騏一郎曾祖父似乎也為無法治好的病人感到煩惱不已，最後幾乎變成醫療虛無主義者。」

「醫療虛無主義者？」

「就是覺得不檢查、不治療更好。他似乎領悟到，可以治好的疾病，即使什麼都不做，也會自然改善；治不好的病，無論再怎麼努力，也都無濟於事。」

我再度想起大貫說的話。

——有些病人他直接放棄治療，不為他們進行檢查。

難道不是因為他意興闌珊，而是基於某種達觀這麼做嗎？如同之前他為病患進行胸廓成形術，原本為了追求根治，卻反而造成病人死亡，或是因藥物劑量過量，導致病人成為廢人，這種結果的確會讓人對醫療產生無力感。

我不由得回顧自己的經驗。之前在都立醫院的消化內科工作十年，曾經治療許多癌症病人，雖然積極治療曾經奏效，但同樣曾經造成反效果。當醫療反而縮短病人生命時，我選擇不面對這些事實。在那家醫院工作十年後，我產生極度的懷疑，不知道從事醫療的目的到底是什麼？

「你也贊同騏一郎爺爺的想法嗎？」

「是啊。」

佑介緩緩移開視線，看著放滿病歷的架子。這裡有不計其數的記錄，有痊癒的病人，也有無法治好的病人；有感謝、信賴、喜悅，有悲傷、憎恨、嘆息、痛苦和惋惜的感情。

——人終有一死。

騏一郎寫的這句話閃過我的腦海。雖然這句話是無可置疑的事，卻沒有任何人嚴肅面對這個事實。

我之所以會辭去都立醫院的工作，是因為自己開設診所，雖然無法進行高度的醫療，但可以避免進行有害的醫療。在離開都立醫院時，我獨自在內心空虛地嘟噥：

——只要不從事醫療，就可以避免醫療的弊害。

這時，我感覺到胸口深處隱隱的疼痛，忍不住咳嗽。

「叔叔，你還好嗎？」

佑介似乎察覺我的異常。雖然這種說法很奇怪，但這種疼痛既苦又甜美。

✦

不久之後，我收到上原小百合寄來的信。

她在信的開頭簡單打招呼後，寫了以下的內容：

『土岐醫生，我老公在九月二十七日長眠了，之前備受你的照顧，在此深表感謝。』

之前曾經在電話中得知健治在八月底接受手術。雖然是切除三分之二肝臟的大手術，但小百合為手術順利感到高興，只不過術後的情況似乎不太理想。

『手術之後，我老公得了肝炎，發生肝功能不全，必須靠人工呼吸器才能呼吸，在他去世之前的大約三個星期左右，都一直昏迷不醒。除了注射點滴、插尿管，肚子上也插著好幾根管子，簡直慘不忍睹。令人不忍，我哭著哀求醫生，不要再繼續治療，但醫生不同意。』

健治似乎承受了整套悲慘的維生醫療。雖然小百合在信中沒有詳細描述，但我大致能夠想像。健治才四十多歲，體力還不錯，遲遲沒有死亡。他的身體想必腫得像浮屍，由於黃疸，皮膚變成黃綠色，因吐血、血便和腹瀉，病房內充滿惡臭，臉部浮腫，完全不成人形。發高燒、頭髮掉落，只能靠輸血、打強心針和人工呼吸器勉強維持他的生命。

即使家屬要求停止治療，醫院方面也不可能同意。這是因為一旦停止治療，之後可能會因殺人罪被告上法庭。在場的家屬應該不會打這種官司，但之後可能會出現所謂的「天邊孝子」，控訴院方沒有盡最大的努力治療，如果持續治療，或許就不會死，編造一些莫須有的罪名。如果家屬認識立場不公正的媒體記者，醫院方面就完蛋了。

小百合在信中表達自責。

『早知會有這麼悲慘的結局，就不會動手術了。但是，我希望他動手術。為什麼在發生這種情況之前，沒有人阻止我們？』

在他們想要動手術時，我應該向他們說明事實。然而，即使他們放棄手術，健治遲早會死去，到時候小百合一定會後悔，認為如果接受手術，或許可以救健治一命。無論是哪一種情況，她都會陷入痛苦。

想到這裡，我驚覺一件事。我又在正當化自己的行為。

『我無論如何都希望能夠治好我老公的病，很希望他可以繼續活著。他是我人生的一切，如今他離開了，我活著也沒有意義。我會隨他而去，但是，不能只有我們死而已。我絕對無法原諒把我們害得這麼慘的罪魁禍首，我要讓他得到報應。

身為醫療方面的專家應該很清楚結果，卻慫恿我們接受治療，這種行為太卑鄙了，我絕對饒不了他。』

小百合的信到此結束。

我立刻試圖聯絡小百合，但上原家的電話和小百合的手機都打不通。病歷上的住家地址是在諏訪市澀崎，我利用下午的休診時間前往，但家裡沒有人。信箱內塞滿信件和型錄雜誌。小百合到底在想什麼？該不會打算和誰同歸於盡？

我打電話給為健治動手術的那家醫院的主治醫生，但小百合似乎並沒有寫信給那位主治醫生。

主治醫生的聲音聽起來還很年輕，雖然有點困惑，但滿不在乎地說：

「上原先生的事的確讓人遺憾，但當初是他希望動手術。」

即使病人要求，醫生身為醫療專家，不是應該制止嗎？我很想這麼說，但最後還是忍住，只是提醒他說：

「從她寫給我的信，發現她似乎在鑽牛角尖，請你多注意，有必要的話，也許可以報警處理。」

「我瞭解了，不過上原太太最後還向我道謝。」

主治醫生完全沒有危機感。雖然小百合在信中向我道謝，但我一樣不能安心。

小百合對把他們『害得這麼慘的罪魁禍首』感到義憤填膺，無法原諒那個人。那個人到底是誰？直接的對象應該是動手術的主治醫生，或是那位主治醫生的上司，也就是外科主任。如果他們當初不同意做這個手術，就可以避免這樣悲慘的結果。

不，她憎恨的對象可能是最初為健治診察的開業醫生。如果那個醫生更早診斷出健治的疾病，或許就可以救健治一命。但是我不知道那個醫生是誰，難道我該和本地的醫師會聯絡，提醒大家注意嗎？

想到這裡，腦海中閃過一個可怕的預感。小百合該不會憎恨的是我？他們和我討論手術的事，我卻沒有阻止他們。

『身為醫療方面的專家應該很清楚結果』，這句話就是在指責我。這種行為根本是惱羞成怒，但她失去丈夫，也許無法正常思考，根本沒辦法講理。

我該報警，要求警方保護我嗎？正當我陷入猶豫時，事態朝向意想不到的方向發展。隔天的晚間新聞中，報導了小百合引發的事件。

她攻擊的對象是電視劇『奇蹟病歷——拯救癌症難民的手』的原著作者，醫生作家刑部侑。

攻擊地點位在JR新宿車站東口附近的馬路上。刑部在附近書店舉辦電視劇原著的簽名會，和編輯一起走去車站的途中，被小百合從背後用藍波刀刺殺。小百合大叫著：「你這個殺人凶手！」用整個身體的力量，兩度刺向刑部。其中一刀刺穿大動脈，在救護車來到之前，刑部的心肺功能就停止，到院前死亡。

小百合刺殺刑部後，在現場撒了五十張傳單，然後用事先準備的汽油淋在自己頭上企圖自焚。雖然很快就滅火，但她身受重傷，陷入昏迷。

隔天，各大報都刊登了小百合散發的傳單內容。

『……雖然我和丈夫很想治好癌症，但仍然猶豫。考慮到副作用和手術的危險，是不是不治療比較好？大學醫院的醫生曾經這麼說，診所的醫生也勸我們，癌症治療有很多困難的問題。

就在這個節骨眼，我們看了「奇蹟病歷——拯救癌症難民的手」。劇中的男主角和我丈夫的情況完全相同，在經過一番奮鬥之後，戰勝病魔。那齣電視劇讓我們決定要接受手術，結果我丈夫在極其悲慘的狀態下離開人世。

原著作者刑部是否曾經想過，得了不治之症的病人家屬，會帶著怎樣的心情看那齣電視劇？灑狗血劇情的謊言誤導病人和家屬，造成巨大的痛苦，他是否認為必須為這種情況負起責任？

除了原著作者以外，還有很多人參與一齣電視劇的拍攝，但是刑部有醫生的頭銜，既然是醫生，就應該瞭解病人和家屬的心情，然而他卻寫出這樣的作品，我無法原諒他。

因此我下定決心，要讓這種玩弄期待奇蹟的病人和家屬的人得到報應。』

兩天後，新聞報導身受重傷的上原小百合去世了。

✦

事件發生之後，為上原健治動手術的那家醫院的主治醫生，和之前停止為健治治療的大學醫院醫生，都接受媒體的採訪，出現了幾篇後續報導。雖然有媒體記者希望採訪我，但我拒絕了所有的採訪邀約。我並沒有用真心誠意對待上原夫婦，而且沒有資格代表他們表達任何意見，當然更沒有公布小百合寫給我的那封信。

事件漸漸平息後，接到佑介的電話。

「叔叔，你仍然對騏一郎曾祖父有興趣嗎？我忘了還有另一個直接瞭解曾祖父情況的人。」

我納悶那個人到底是誰，原來是騏一郎妻子芙莎的外甥女川島芳美。我曾經聽說過芳美的事，她是佑介的祖父伊織在奧穗高失足身亡時的同行者。芳美是伊織和長門的表妹，但我從來沒有見過她。佑介說，他年幼的時候，在伊織的十三週年忌辰之後，曾經見過她去土岐家。

「聽說芳美表姑婆目前住在岡谷市的安養院。」

「你是怎麼查到的？」

「在病歷資料庫中有一封她寫給爺爺的信，我根據信上的地址，聯絡到芳美表姑婆的外甥，是他告訴我的。」

「那要不要去和她見一面？你要不要一起去？」

「我不用了，我不像你有這麼大的興趣。」

既然沒有興趣，為什麼持續調查？我難以理解，但還是道謝後掛上電話。

芳美住在岡谷市堀之內一家有護理人員照顧的安養院。我說是她表哥的兒子，打電話去安養院詢問，安養院的人告訴我，雖然她幾乎整天躺在床上，但頭腦很清晰，今年八十一歲。在向她本人確認後，她回答願意和我見面，於是我就在星期六下午去拜訪她。

芳美的房間內只有在窗邊放了一張照護床，幾乎沒有任何私人物品，簡直就像是知道自己來日不多，做好迎接死亡的準備，等待死期的到來。她一看到我，露出了失望的笑容：

「你和伊織不太像。」

她躺在床頭抬起四十五度的照護床上，纖細的雙手放在被子外。看她的五官，不難猜想她年輕時應該很漂亮，如今歲月留下無情的痕跡，蒼白的皮膚上有很多皺紋。

芳美一輩子單身，她似乎和我的伯父伊織很熟，但和我父親長門幾乎沒有來往。我向她打聽騏一郎的事，她移動視線，沙啞的聲音小聲說：

「騏一郎姨丈是很優秀的醫生，他五官輪廓很深，很英俊。他經常罵人，大家都很怕他，但他對我很好。」

芳美是昭和七年（一九三二年）出生，小時候經常去土岐家玩。我問她是否記得有關騏一郎的事情，她閉上薄薄的眼皮想了一下之後，緩緩張開乾澀的嘴唇。

「實在太久了，我幾乎不記得什麼事，但我記得他曾經對我說，即使得了肺結核，也千萬不要動手術。」

「他什麼時候對妳說這句話？」

「我讀小學五、六年級的時候。」

芳美小學五年級的時候十一歲，也就是昭和十八年（一九四三年），和騏一郎為肺結核病人做胸廓成形術失敗的時間一致。

「那是因為騏一郎爺爺自己為病人動手術失敗的關係嗎？」

「不是，他當時很生氣地說，有些醫生把病人當實驗品。」

「是土岐醫院的醫生嗎？」

「不是，應該是指大學醫院吧。姨丈有時候會去大學醫院，和那裡的醫生討論治療方法。」

在病歷上提過這件事。芳美噘著嘴，輕聲笑了。

「他憤慨地說，大學醫院簡直亂七八糟，根本不為病人著想，姨丈向來很照顧病人。」

「但他不是曾經讓病人受傷嗎？他打了在醫院內喝酒的病人，還打破對方的鼓膜。」

「我不知道這種事。」

「聽說還曾經使用過量鎮靜劑，讓病人變成廢人，又讓逃出醫院的病人在雪地中凍死了。那是昭和十四年到二十年期間的事。」

「病人凍死的事，我好像曾經聽說過，因為是在戰爭期間，好像並沒有造成太大的問題。」

「至今仍然有人在傳這些事，批評騏一郎爺爺，所以我想瞭解真相。芳美表姑，根據妳的記憶，騏一郎爺爺很為病人著想嗎？」

我很想否定那些傳聞，再三向她確認。芳美緩緩點頭後問我：「到底是誰在說這些事？」

「醫師會的人，但不光是醫師會，在家族之間，也有人聽說了這些事。伊織伯伯的孫子佑介，也說曾經從他父親冬司口中聽說過這些事，冬司是從家教老師口中得知的。」

「……是加瀨滿。」

沒想到芳美竟然知道冬司的家教老師。我問她為什麼會認識，她說她和冬司的母親真令子很熟，曾經有一段時間，把冬司視為自己的孩子疼愛不已。加瀨當時是信州大學醫學系的學生，昭和四十一年（一九六六年）畢業。

「為什麼妳記得這麼清楚？」

「那是因為發生了一些事，呵呵呵。」

芳美露出故弄玄虛的笑容，沒有再多說什麼。

✦

回到家後，我查了信濃中央醫師會的名冊。名冊上有會員就讀的學校和畢業的年分，諏訪市區有四名醫生在昭和四十一年從信州大學醫學系畢業，我問了其中一人，對方告訴我，加瀨目前在松本市大字島立開診所。如果加瀨沒有重考或是留級，今年應該七十二歲。我查了加瀨的電話，打電話詢問，加瀨起初有點警戒，但我向他說明情況後，他答應和我見面。

隔天星期天，我開車去加瀨的家中。

他帶我走進客廳，我們面對面坐在有白色椅套的椅子上。加瀨悠然地蹺起二郎腿，點起菸斗。他一頭花白的頭髮，不愧是目前仍然持續看診的醫生，戴著眼鏡的雙眼充滿知性。

「正如我昨天在電話中所說，聽說你曾經對土岐冬司說了土岐騏一郎的事。」

我重複在電話中已經說過的事，加瀨叼著菸斗，老神在在地回答說：

「既然你這麼說，我可能的確曾經對他說過。」

他似乎記不太清楚，我告訴他傳聞的內容後，他似乎想起來，滿臉懷念地苦笑說：

「反正早就過了時效，告訴你也沒問題。當時，我和冬司的母親真令子太太曾經發生過一次深入的關係。她的丈夫伊織醫生是一個嫉妒心很強的人，對真令子太太管得太嚴，我覺得她很可憐，起初只是安慰她，後來就有點失控了。我是在醫師會的講習時聽說了騏一郎醫生的傳聞。信濃中央醫師會當時經常以醫學系的學生為對象舉辦講習，在休息時間，有人在小聲傳一些騏一郎醫生的負面傳聞，我猜想可能是因為騏一郎醫生對醫師會持批判的態度。那時我對伊織醫生很反感，想要間接貶低他，就告訴了冬司，完全不知道那些傳聞都是謠言。」

「謠言？騏一郎的那些傳聞都是謠言嗎？但是病歷上留下相關的記錄。」

我感到混亂，忍不住探出身體。

「不，應該並不是無中生有，卻充滿惡意地扭曲。我後來向很多人打聽之後，發現騏一郎醫生並沒有做任何可以讓別人說長道短的事。」

加瀨說，那個被打破鼓膜的病人曾經因為在醫院內喝酒，多次遭到騏一郎的斥責，在屋頂喝酒被發現時，病人先動手。騏一郎還擊時打了對方一巴掌，結果剛好用力打到病人的右耳，造成鼓膜破裂。

那名被注射過量鎮靜劑的病人，曾經多次錯亂，用頭去撞牆。由於發作時很凶暴，有可能會危害到護理師和其他病人，所以需要使用高劑量鎮靜劑。

至於那名凍死的病人，是自己逃出病房，醫院的人四處尋找，找不到人，最後發現時已經凍死。這和病歷上記錄的內容相同。

「到底是誰在散播這些謠言？」

「當時的醫師會會長是枝甚一醫生。」

聽到意想不到的名字，我大吃一驚。

「就是那個被稱為信濃中央醫師會中興之祖的是枝醫生嗎？」

「沒錯。」

是枝甚一是不久之前就任醫師會長的是枝一太的祖父，一太可能從甚一口中得知那些關於騏一郎的傳聞，佑介從冬司口中聽到的那些事，也是出自甚一之口，經由加瀨傳入冬司耳中，兩者的內容當然一致。

加瀨把菸斗裡的菸灰倒在菸灰缸裡，靠在椅背上繼續說明。

「是枝醫生原本在大學醫院的胸腔外科，積極採用歐美的治療方法，經常做創新的手術。雖然他說是為了醫學的進步，但他在缺乏充分知識的情況下就進行這些手術，造成很多病人死亡。騏一郎醫生批判這種行為，導致是枝醫生無法繼續留在大學醫院，在不得已的情況下自己開醫院，之後擔任醫師會會長，表現得很活躍，但一直對騏一郎醫生懷恨在心，在騏一郎醫生死後，四處散播充滿惡意的傳聞。」

「你怎麼知道這些傳聞是謠言？」

「我大學畢業之後，在松本綜合醫院任職，那裡的護理師之前在土岐醫院工作，所以我問了她。她告訴我，騏一郎醫生雖然很嚴厲，但絕對不可能對病人做這麼惡劣的事，反而很擔心治療會危害病人。」

治療會危害病人，就是醫療的弊害。騏一郎擔心醫療的弊害，才成為醫療虛無主義者。這樣的解釋和佑介的看法一致。

「聽說騏一郎在晚年對醫療產生否定。」

加瀨聽了我的話，戴著眼鏡的他平靜一笑。

「他可能對醫療造成病人死亡這件事感到羞愧，但病人隨時要求治療，所以每個醫生都曾經體會過這種左右為難的經驗。」

你應該也一樣吧？加瀨的雙眼似乎這麼問我。

拜訪加瀨後回到家的當天晚上，我打電話給佑介，告訴他這兩天打聽到的情況。

「芳美表姑姑說，騏一郎爺爺是很為病人著想的優秀醫生，那些傳聞雖然並不是完全沒有事實根據，但幾乎算是惡劣的謠言。」

佑介對我竟然找到冬司以前的家教老師感到驚訝，但即使我說了加瀨告訴我有關謠言的真相，他只是冷淡地回答說：「這樣啊。」難道即使洗刷曾祖父的污名，他也不覺得高興嗎？

我繼續說道：

「騏一郎爺爺曾經批評大學醫院的治療，目前的醫師會會長是枝醫生的祖父當年在大學醫院內，做了一些就像是人體實驗的手術。騏一郎爺爺批判這種行為，導致是枝醫生的祖父無法繼續留在大學醫院。是枝醫生的祖父就懷恨在心，開始散播一些惡劣的謠言，所以騏一郎爺爺完全沒有做任何對不起病人的事。」

佑介的反應很冷淡，於是我更加熱切地向他說明。正當我準備掛電話時，佑介開口，好像不希望我這麼快掛電話。

「但是我在那次之後，又去病歷資料庫看了騏一郎曾祖父的病歷，結果發現他在昭和四年（一九二九年）到七年（一九三二年）期間，曾經動了幾次開顱手術。騏一郎曾祖父當然不是腦外科的醫生，他是院長，什麼科的病人都看。他為癲癇病人和腦溢血的病人動開顱手術，當時還沒有全身麻醉，在局部麻醉的情況下，切除腦的部分。病歷上釘了德文的論文，那是腦外科相關的論文，有好幾個地方用紅筆畫了線。

也就是說，騏一郎曾祖父是在參考這些論文的基礎上手術，他做開顱手術的所有病人當然不是死亡，就是變成植物人。」

怎麼可能？我無法相信騏一郎竟然會做這種輕率的手術。在目前的時代，不，即使在當時，也不允許有這種魯莽的行為。

我感到不安，佑介好像落井下石般說：

「這不是和你剛才說的、在大學醫院做的那些形同人體實驗的手術一樣嗎？當時的病人對醫生言聽計從，只要說是為了治療，病人都不可能拒絕。」

我無法反駁。既然病歷上留下相關的記錄，那應該是事實。騏一郎是會做這種可怕行為的醫生嗎？

佑介稍微緩和語氣說：

「他也做了一些出色的治療。比方說，為腎臟結核的病人做腎臟切除手術。那是昭和二年（一九二七年），是在局部麻醉的情況下進行手術。雖然手術後一段時間，瘻管無法閉合，但病人在四個月後出院了。在信州的鄉下地方，他幾乎一個人成功完成這個手術，不是很值得一提嗎？」

「這只是剛好成功而已，終究是在沒有充分設備的情況下，像賭博一樣動手術。」

「並不是所有的病人都能夠去東京或是大阪的醫院，有時候不得不留在當地治療。騏一郎曾祖父雖然做過很離譜的事，但同樣有出色的成就。」

他的語氣似乎在安慰年長的我。我搞不懂騏一郎到底是怎樣的醫生。我微微喘息著問：

「佑介，你說對騏一郎爺爺沒有興趣，為什麼這麼深入調查？」

「我只是說，沒有像你那樣的興趣，也就是為了這件事願意去和別人見面，瞭解情況。人會基於自己的情況或是心情說話，一旦時間久了，會有不同的印象，但病歷之類的文獻完整留下當時的情況，更值得信賴，我願意花時間解讀。」

騏一郎或許是因為自己曾經積極嘗試各種醫療方式，危害許多病人，最終才成為醫療虛無主義者。我並不認為那是野蠻行為，現代的情況也差不多。在我離開大學當初，幾乎一面倒地支持在癌症手術中必須大範圍切除，導致許多病人死亡之後，保留手術才受到重視。醫療就是持續摸索，從騏一郎的時代到現在，根本沒有改變。

想到這裡，胸骨內側出現一陣不適並快樂的疼痛，我用力咳起來。

「你還在咳嗽嗎？還好嗎？」

「我沒事。」

「但是你一下子瘦這麼多，很不尋常。」

他什麼時候發現的？

「謝謝你的關心，佑介，你多保重。」

「好，那就先這樣。」

佑介並沒有說「叔叔，你也要保重」這句話。

✦

兩個月過去了。

我像往常一樣在診所看診。胸骨後方的疼痛已經擴散到右側鎖骨下方，那已經不是疼痛，而是好像被什麼東西壓住的感覺。支氣管深處黏著濃痰。

雖然我的診所可以做胸部X光，但我並沒有做檢查。回想起來，參加是枝一太就任醫師會會長的宴會時，症狀就已經出現了。

我為每個門診病人寫了轉診單，儲存在電子病歷內。如此一來，即使他們去其他診所就診，新的醫生也可以馬上進入狀況。護理師和櫃檯人員都是計時工，相關手續並不會太麻煩，代替離職金的微薄禮金都放在抽屜內。

肺癌有四種，從惡化的速度研判，我罹患的應該是大細胞癌。我不抽菸，因此不可能是小細胞癌和扁平上皮細胞癌。如果現在開始治療，就會失去自由，遭到摧殘，被關在醫院內飽受折磨。一旦接受失敗的手術，就會重蹈上原健治的覆轍。

我很對不起上原夫婦。雖然內心深感歉意，但都已經過去了，只能祈禱後進的醫生不會再犯相同的錯誤。

這一陣子身體狀況很不錯，胸痛緩和不少。我之前沒有想到不接受檢查和治療，可以讓我如此平靜，看來我身上果然繼承了騏一郎的血脈。

上午的診察結束後，我久違地去下諏訪的鰻魚餐廳吃了鰻魚飯，然後在諏訪湖畔散步。我很喜歡這條步道。天空中飄著雲，和煦的風吹來。雖然太陽沒有露臉，湖面波光粼粼，充滿前所未見的莊嚴。

經過Harmo美術館後，我覺得有點疲累，於是走去旁邊的公園歇腳。我坐在長椅上仰望天空，心情很舒暢。

當我深呼吸時，胸口深處感受到好像被熾熱鉛彈擊中般的衝擊。我吸了一口氣，用力咳起來。霧狀的鮮血噴向空中。我知道肺動脈破裂了。之前慢慢擴散的癌細胞終於浸潤到肺動脈，導致肺動脈破裂。我無法呼吸。我抓著胸口，從長椅上跌落。鮮血從嘴裡噴出來。

我感受到強烈的痛苦。「救救我」的想法和「很快就可以輕鬆了」的想法在腦海中交錯。閃電劈開了世界。當痛苦達到顛峰時，溫暖籠罩我的身體，我終於擺脫束縛。原來這就是死亡。我在漸漸淡薄的意識中想到。最後想起了那句奇妙的話。

——人終有一死。

這絕非壞事。

希望的大旗

什麼是人生的幸福？

有人認為，人生的幸福是「微分」，有人認為是「積分」。

微分就是曲線切線的斜率。如果用曲線代表人生，每天的切線斜率，就是那一天的幸福度。

積分就是曲線和座標軸之間的面積。也就是說，一輩子的幸福量是每天幸福的總和。無論曾經多麼幸福，如果這種幸福無法持續，幸福的總量就很少。相反地，即使曾經遭遇巨大的不幸，只要能夠很快重新站起來，就可以重拾幸福。

但是，幸福往往無法持久，不幸卻揮之不去。

✦

我人生最大的幸福，應該就是和土岐冬司結婚這件事，而且把兩個兒子送進了醫學系。

昭和五十年（一九七五年），當時我讀大學三年級，在大學的文化祭時認識冬司。冬司和其他同學在文化祭時設了一個健康診斷的攤位，我去那裡量血壓，成為我們第一次見面。我讀法律系，他是醫學系比我大兩屆的學長。

我伸出手臂，冬司小心翼翼地用灰色臂帶纏繞在我的手臂上，把聽診器塞進手肘內側，捏著橡膠球加壓。

「九十二和六十四，血壓很低。脈搏是五十六，心搏過緩。」

他沒有看我的臉，注視著我的左側胸部說道，簡直就像可以透視我的心臟。

幾天之後，我在學生食堂看到他，主動上前打招呼。雖然這需要極大的勇氣，但我知道猶豫和怯弱無法成就任何事，所以拋開了雜念。

當時我正在尋找能夠成為未來伴侶的男生，內心有點焦急。原本以為京大法律系應該可以找到理想的對象，沒想到根本沒有中意的男生。

「聽別人說，低血壓的人早晨都很難起床，這是真的嗎？」

雖然我突然對他說話，但冬司沒有表現出警戒的樣子，回答說：

「血壓一向很低的人就沒有問題。」

他回答的語氣就像是醫生在回答病人的提問。我不知道他是否還記得我，於是自我介紹說：

「我是法律系三年級的小野寺信美，之前在文化祭時，你曾經幫我量過血壓。」

「我是醫學系五年級的土岐冬司，我記得妳。」

我豎起耳朵，卻聽不出他的語氣中帶著怎樣的感情。

我徵求他的同意後，在他旁邊坐下，閒聊了一陣子。冬司很優秀，為人誠懇而冷靜，完全符合我欣賞的條件。

我們就這樣開始交往。

和冬司聊越久，就越發現他是值得尊敬的人。為了成為優秀的醫生，他隨時都付出了最大的努力。

醫學系要讀六年，所以我們在同年畢業，但他在畢業考試之後，還要參加國家考試，我就去他家下廚，為他打掃房間支援他。冬司來自長野縣諏訪郡原村，獨自住在出町柳的宿舍內。我的老家在兵庫縣蘆屋市的六麓莊，雖然並不是無法通學的距離，但我獨自住在父母為我準備的吉田下大路公寓中。

✦

我們家從曾祖父那一代開始就是銀行家，用祖先留下來的資產做投資、股票、買賣不動產獲利。經濟是銀行家的專長，這是理所當然的。

我們家當然誠實繳稅，響應捐款和募捐，參與慈善活動。只有盡身為社會一分子的義務，才能維持自己生活的安寧。

經常造訪冬司的住處後，我們之間的關係發展為笨拙的肉體關係。

我不知道那到底是愛，還是生理現象，我只是回應他的需求，甚至不知道自己的方式是否正確。周刊雜誌和那些教戰書上只寫一些譁眾取寵的內容，專業書籍上沒有寫具體的步驟。

因為偶然忘了避孕，結果我在畢業之前懷孕了。這並沒有太大的問題。因為我們原本就打算等冬司通過國家考試之後結婚。

昭和五十二年（一九七七年），冬司成為醫生，進入京大醫院的消化外科當實習醫生。

我在家中當家庭主婦。我對自己沒有好好運用學歷外出工作完全不惋惜，走入家庭支持丈夫，好好守護家庭也是出色的工作。

冬司工作很忙，經常住在醫院。他在二十名左右的實習醫生中的表現遙遙領先，教授和指導醫師都很器重他。他那麼熱心投入工作，當然會受到重視。

那一年的十一月，同時發生了開心的事和難過的事。

那就是長子信介出生，和冬司的母親真令子去世。

真令子一直住在原村，在我們結婚前後，曾經和她見過幾次面。雖然她很美，但身上散發出一種妖媚的感覺。她的死因是敗血症，享年四十五歲。

我剛生下信介，便沒有去參加葬禮。冬司很冷靜地面對兒子出生和母親的死亡同時發生這件事。他認為純屬巧合。

一年的實習結束後，冬司被派往京都勞災醫院外科。他離開指導醫師，終於成為獨當一面的外科醫生。

冬司在京都勞災醫院不辭辛勞地工作。為了提升醫術，他積極爭取治療重症病人，增加手術的次數。只要累積手術的次數，醫術就會進步，這是理所當然的事。當他完成大型手術回到家時，總是一臉充實地說：

——我完美掌握了全胃切除術，將食道和空腸接合的技術。

——太好了，那你以後就不會再失敗了。

✦

雖然很對不起病人，但沒有任何一個外科醫生從一開始就完全不失敗。只有持續練習，才能培養出資深熟練的外科醫生。

✦

冬司在京都勞災醫院工作了三年。第二年十月，他的父親伊織去奧穗高登山時失足墜谷身亡，享年五十二歲。聽說當時他和他的表妹一起去登山，但我不太瞭解詳細的情況。

伊織在他的父親騏一郎創立的土岐紀念醫院擔任院長，真令子去世之後，他消沉了很長一陣子。冬司再次冷靜地接受父親的死。也許是因為他一路就讀灘中、灘高和京大，從中學開始就離開父母身邊，和父親的關係並不是很親密。父母去世的悲傷沒有衡量的標準，不能因為他表現冷靜，就說他不怎麼悲傷。

隔年，再度同時發生了好事和壞事。好事就是小兒子佑介出生了。

老大是兒子，我們很希望可以生一個女兒，但大自然根本不理會人類的願望。

壞事就是冬司的叔叔長門死了。長門是伊織的弟弟，在伊織之後，擔任土岐紀念醫院的院長，沒想到擔任院長不到一年就去世了。死因是在泡澡時溺死。應該是在泡澡時發生腦梗塞，導致昏迷，然後就溺死了。

長門享年五十歲，他是腦血管障礙的專家，卻因為自己專長的疾病而失去性命，實在太諷刺了。

但是，醫生死於自己專長的疾病並不稀奇。

✦

由此發現，土岐家族很多人都早逝。冬司的祖父騏一郎也在五十五歲時就去世了。

我無法理解醫生家族早死這件事。

銀行家當然都很有錢，醫生不是當然也應該很長壽嗎？

✦

長門去世之後，聘請了外面的醫生擔任土岐紀念醫院的院長。冬司當時畢業才三年，資歷和經驗不足，無法勝任院長一職。最重要的是，他還沒有完成博士論文的研究，無法就這樣輕易回老家。如果只是持續醫生的工作，並不需要博士學位，但如果想繼續留在大學醫院，就需要醫學博士的頭銜。

冬司的優秀有目共睹，他的最終目標是成為教授。

隔年四月，冬司回到大學，加入醫局內名為「形態研」的研究室，投入癌症基因的研究工作。起初沒有薪水，他必須在值班打工的同時進行研究。

兩年後，冬司在同期中最先成為助理，隔年三十二歲時，以『大腸癌的癌症基因ras-1的發現和擴展』這篇論文，取得博士學位。

之後，他回到大學醫院擔任指導醫師，四年後三十六歲時，升為消化外科的講師。講師是僅次於教授、副教授的地位，只有三個名額。其他兩名講師都是比他年長十歲的前輩，但冬司的診斷能力和手術的技術比他們更優秀。冬司原本就很優秀，再加上他付出了比別人多一倍的努力，這也是理所當然的結果。

✦

我向來相信努力。沒有任何東西無法靠努力得到，如果無法得到，那就是不夠努力。

換言之，無論任何東西，只要持續努力，就一定可以得到。我相信冬司同樣這麼認為。

然而，如同沒有任何一場雨不會停，也沒有任何一場比賽可以永遠贏下去。

✦

四年後的平成四年（一九九二年），醫局的教授退休，原本的副教授升上了教授。不久之前，比冬司資深的兩名講師被派往旗下的醫院擔任外科主任，所以冬司成為最資深的講師，理所當然地應該由他升為副教授。

沒想到新教授提拔了在冬司之後成為講師的醫生，理由是對方比冬司年長。冬司身為外科醫生的技術明顯比對方出色，新教授卻採用論資排輩的方式安排人事。

冬司對新教授因循守舊的做法感到失望，決定離開大學醫院。冬司並非懦夫，不可能在自尊心受到傷害的情況下，仍然留在醫局。

冬司離開京都後，回到原村，在土岐紀念醫院工作，隔年四十一歲時擔任院長。他當上院長之後的活躍表現簡直就像超人，我猜想他應該是為了大學醫局的事，想爭一口氣。

他的專長是消化道癌症，在他的努力之下，土岐紀念醫院成為全國首屈一指的癌症醫療中心。他接受各種末期癌症病人，為他們進行治療。被其他醫院告知無藥可救的病人都紛紛來向冬司求助，只要去土岐紀念醫院，就可以接受治療。這種風評很快傳了出去，外縣市的病人紛紛上門求助。

媒體也注意到冬司的活躍表現，在他擔任院長的隔年，平成六年（一九九四年）十月三日報紙「新天地」專欄中，刊登附有照片的大篇幅報導。標題是『為所有病人帶來希望』，文章中詳細介紹冬司是絕對不會放棄治療的醫生。

在接受記者採訪時，他積極強調醫療的重要性。

「在癌症醫療中，絕對不存在不治療比較好的情況。說什麼無法繼續進行治療，那根本是醫生的怠慢，是相當於臨陣脫逃的罪惡。」

應該有很多病人和家屬為冬司的主張鼓掌。前一年，有一位知名主播罹患癌症後，接受徹底的治療，導致縮短壽命，最後極其悲慘地離開人世。大家經由這件事，漸漸認為過度進行癌症治療很可怕，但冬司斷然否定這種想法。

「只要妥善治療，就不可能縮短病人的生命。無論是怎樣的情況，都一定有解決的對策。」

報紙的影響力驚人，病人從全國各地蜂擁而至。這代表有這麼多病人遭到醫生拒絕，無法接受治療。冬司對那些消極的醫生感到憤怒，同時更激發他的使命感。當周刊的彩頁介紹他時，他抬頭挺胸地說：

「土岐紀念醫院是癌症病人希望的堡壘。」

有一天，冬司從醫院回家後對我說：

「京大醫院介紹了一個總膽管癌的病人來我們醫院，癌細胞已經轉移到肝臟和胰臟，教授說無法動手術，但病人堅持想要動手術。教授說，我應該是全日本唯一有能力動這個手術的人，要拜託我來主刀。」

冬司說話時得意洋洋。當年曾經冷淡對他的教授如今認同他的實力，低頭拜託他為病人動手術，他當然樂不可支。

那是持續了十三個小時的大手術，輸了二十六袋血漿，等於病人全身的血液換了兩次。摘除的器官有總膽管、左半個肝臟、膽囊、胰臟的右半部分、三分之二的胃、十二指腸、脾臟和周圍的淋巴結，總重量達到八公斤。手術成功後，冬司得意地對等在手術室外的病人家屬說明：

「所有癌細胞都切除了。」

「謝謝，你是我們的救命恩人。」

所有家屬都握著冬司的手，喜極而泣。

遺憾的是，病人在手術後始終昏迷不醒，一個星期後去世。雖然切除了癌細胞，但病人的體力無法支撐下去。確實令人悲傷，但這也是無可奈何的事，因為當初是病人希望清除所有癌細胞。

病人去世後，家屬一直忍著悲傷，沒有任何家屬抱怨說，早知如此，就不該動手術。無論病人和家屬都把手術視為最後的希望，冬司盡了最大的努力，還盡力做好術後管理，但仍然無法拯救病人。

因為結果不理想就責怪醫生，簡直太莫名其妙了。

也有其他病人因手術死亡，雖然有醫生認為，一旦癌細胞發生轉移，就不該再動手術，但冬司主張，無論有沒有轉移，所有的癌症都必須動手術切除。如果不切除癌細胞，病人一定會死。

雖然有些病人在手術後復發，或是手術造成癌症惡化，但冬司仍然沒有改變原來的想法。他經常說：

「剛動完手術時，病人認為癌症切除了，這是至上的喜悅，可以為病人帶來生命的希望。」

✦

手術當然無法治好所有的癌症，即使切除肉眼可見的所有部分，如果還殘留在細胞內，遲早會復發。這是無可奈何的事，任何人都無法切除肉眼看不到的東西。

但是也可能遇到癌症只發生在肉眼可見的範圍，那種情況就可以靠手術根治。

✦

手術之後，會使用強效的抗癌劑進行治療，徹底消滅殘留在細胞內的癌症。抗癌劑的副作用很強，有不少病人完全無法飲食。這種病人則使用中央靜脈導管，從鎖骨下方的大靜脈注射點滴，注入高濃度的葡萄糖液。

冬司以從容不迫的笑容說明：

「只要採用這種方式，即使完全無法進食，也可以充分補充營養，所以不必擔心。」

當病人仍然感到痛苦時，他如此鼓勵病人：

「當你感到痛苦時，癌細胞也在痛苦。如果現在輸了，就前功盡棄了，加油。」

當年他不得已離開大學醫院，為了報一箭之仇，他以消滅癌症為目標。

雖然無法杜絕癌症發生，但可以做到癌症零死亡。只要早期發現、早期治療，就可以做到癌症零死亡。

冬司在推動徹底治療癌症的同時，還努力推動癌症篩檢。他擔任院長的第二年後，在醫院新成立篩檢中心，方便當地人接受健檢。

土岐紀念醫院當時有八名醫生，都贊成冬司的方針。在他們的協助下，冬司為了消滅癌症，更進一步充實健檢內容。通常都只針對肺癌、胃癌、大腸癌、乳癌和子宮癌這五種癌症進行篩檢，但冬司認為這樣很不充分，如果無法早期發現所有癌症，就無法做到癌症零死亡。

「不想因癌死亡，就做癌症篩檢。」

冬司在演講和縣市政府推出的宣傳誌上一再宣導這句簡單的口號，效果很理想，前來土岐紀念醫院做癌症篩檢的民眾人數暴增。冬司相信，早期發現癌症，及時切除是消滅癌症最直接、最理想的方法。

除了癌症篩檢以外，冬司還積極推動一般健康檢查和綜合健檢，只要檢查結果稍有異常，就徹底分析原因。指導病人進行嚴格的健康管理，改善生活習慣，禁菸、戒酒、限制熱量、控制鹽分、防止肥胖、營養均衡、排除化學色素和防腐劑、嚴格遵守食用期限、禁止吃零食和宵夜、充分的睡眠和適度的運動、避免壓力、改善過敏體質。他要求病人徹底做到這一切，並且努力維持。這就是冬司對病人的熱忱。

但是，癌症篩檢和綜合健檢並非完美無缺。檢查所使用的放射線，有可能誘發癌症。

雖然可以透過胃鏡進行胃癌篩檢，但惡性程度很高的胃硬癌，很難靠胃鏡篩檢出來。服用鋇劑後做X光檢查就可以篩檢出胃硬癌，但會曝露在大量放射線下，多次進行攝影，會增加致癌的危險性，到底該如何選擇？

冬司推薦做胃部X光檢查。萬一因為篩檢致癌，只要確實做健檢，就可以早期發現。同樣地，他也主張必須接受X光輻射量很高的鋇劑灌腸攝影檢查篩檢大腸癌，和X光乳房檢查篩檢乳癌。如果擔心照射過量X光導致細胞病變致癌而不願做癌症篩檢，等到日後發現時，很可能已經為時太晚了。

土岐紀念醫院的癌症篩檢中心的標準比任何一家健檢中心更加嚴格，在成立翌年的平成八年（一九九六年）的癌症發現率是全國第一名。一旦發現癌症，就會做進一步的精密檢查，手術切除有問題的部位。每次在癌症篩檢中發現癌症，冬司就確信自己的做法正確。這是理所當然，如果沒有藉由癌症篩檢發現，病人很可能因為癌症而死。許多病人都在接受手術後，遠離癌症的危險，衷心感謝冬司。

醫師會的有些醫生批評冬司的指導太嚴格，但是提出這種膚淺的意見，真的能夠守護病人的健康嗎？

無論如何都要拯救病人的生命。這是冬司迫切的想法。對病人而言，這無疑是最可靠的醫生。

✦

冬司和我當然也接受癌症篩檢，除了推薦一般民眾的五種癌症篩檢以外，我們都徹底檢查所有內臟器官。為了防止在每年一次的癌症篩檢後罹癌，錯過治療的時機，我們每隔半年就接受一次篩檢。

有一次，在四個月前接受過癌症篩檢時沒有任何異常的病人，發現了晚期大腸癌。冬司很受打擊，於是我們改為每隔三個月就接受一次篩檢，意即每年做四次檢查。只要這樣密集接受檢查，即使病情惡化迅速的癌症，也不會有太大的問題。

醫療介入越積極越好。這是冬司的信念，我當然沒有異議。

不，並不是說任何醫療都沒有問題，必須是建立在正當醫學根據基礎上的醫療。或許有人認為這是廢話，但這個世界上確實有一些毫無根據的假醫療。

當冬司告訴我，岡谷市新開的「十条診所」的事時，我簡直難以置信。因為竟然有人號稱「癌症免疫強化療法」，為癌症病人進行騙人的治療。

那家診所聲稱會先從病人的血液中萃取出免疫細胞的淋巴球，花費兩個星期的時間，將淋巴球數量培養到原來的一千倍，再注入病人的身體，攻擊癌細胞。既然是自己的免疫細胞，當然不會出現排斥反應，更完全沒有副作用。

冬司看著十条診所的宣傳單，立刻否定了這種騙人的療法。

「這根本是紙上談兵，根本不可能有效果。」

沒想到竟然聽說有病人使用這種治療方法治好癌症，轉移的癌細胞消失了。那家診所在網路上大肆宣傳，還貼出胃癌和轉移到肝臟的癌細胞接受治療後消失的照片，土岐紀念醫院的病人開始詢問，是否可以接受「癌症免疫強化療法」。

「那根本是騙人的東西，千萬不要受騙上當。」

冬司拚命說服病人，但病人難以接受。

冬司告訴病人，網路上的影片是同時進行的抗癌劑和放射線治療的效果，並不是免疫強化療法奏效，但一般民眾則認為是「癌症免疫強化療法」的效果，於是那些被醫院宣告沒有治療方法的病患從全國各地湧向十条診所。

「這種治療需要自費，一個療程超過一百萬，而且必須接受四個療程，許多病人砸大錢接受這種沒有效果的治療。我無法原諒這種趁病人之危的惡毒賺錢手法。」

有強烈正義感的冬司說要直接去十条診所談判。

我和他一起去了十条診所。

十条院長年紀很輕，才三十多歲，留著小鬍子，鬢角很長，看起來就很不正經。他說他知道冬司，請我們去院長室，對我們露出親切的笑容。

「很榮幸見到你，我們都積極治療大學醫院放棄的病人，應該很有共鳴。」

冬司不理會他，要求看「癌症免疫強化療法」的相關資料。十条帶著從容自若的笑容，把幾份英文論文放在冬司面前。冬司迅速瀏覽後說：

「這只是在美國進行基礎研究的論文，無法成為臨床應用的根據。」

「所以目前只有自費門診，如果要等厚生省認可，不知道要等到哪年哪月。」

冬司嚴厲指責對方，這是極其不當的行為，十条帶著淡淡的笑容聽著冬司說的內容。他一定是明知故犯，對冬司正當的批評根本不痛不癢。

冬司充分表達自己的意見後，十条緩緩探出身體說：

「來我們醫院的病人，都是在其他醫院被認為已經無藥可救了。土岐醫生，我記得你以前在接受報社記者的採訪時曾經說，無論在任何情況下，都一定有方法可以治療。我對你這句話產生極大的共鳴，才按照自己相信的方法，為病人進行免疫強化療法。免疫強化療法是癌症病人希望的堡壘。」

「這是欺騙！」

冬司忍不住大叫起來。他可能覺得自己以前接受周刊採訪時說的這句神聖的話遭到了玷污。

「我絕對無法原諒你用這種虛假的希望欺騙病人，必須帶給病人真正的希望。」

冬司振振有詞地說。十条撇著嘴角反問：

「什麼是真正的希望？」

「就是建立在醫學根據基礎上的正當治療。」

「只要進行這樣的治療，能夠救活所有的病人嗎？」

冬司答不上來。的確有很多病人死於癌症。十条露出嘲諷的笑容說：

「所謂醫學根據，充其量只是觀察統計上顯著性的差異而已，即使進行正當的治療，救不活的病人還是救不活。正因為有許多病人無法靠傳統的治療方法救治，所以才會期待有前途的新療法，不是嗎？我認為這才更像真正的希望。」

「這是狡辯，你這個騙子！」

冬司氣得臉色發白說道。十条變了臉。冬司繼續說道：

「我無法原諒你竟然利用病人的脆弱，靠這種欺騙的治療賺取暴利，難道你不會受到良心的譴責嗎？你這樣也算是醫生嗎？簡直丟人現眼！」

「如果你再侮辱我，我就要告你毀謗。」

十条翻著三白眼，冷冷地撂下狠話。他簡直就像黑道分子。我察覺到危險，催促冬司趕快離開是非之地。

離開十条診所後，冬司直奔岡谷市的醫師會。他打算告發十条診所用欺騙手法治療病人，要求醫師會採取嚴厲措施，但醫師會的反應很冷淡。

這也難怪，冬司並沒有參加醫師會，而且聽說十条加入醫師會時，曾經捐款一千萬圓。

冬司之所以沒有加入醫師會，是因為無法忍受醫師會的水準太低。

當年他從京都回到原村時，曾經參加過一次醫師會的聚會，回來之後洩氣地說：

「明明是醫生的聚會，談論的話題卻圍繞賺錢、酒和女人，簡直低俗到極點。」

之後，有醫師會成員批評冬司對病人的指導，他更加討厭醫師會了。

「醫師會批評我對病人的指導，是因為他們過著自甘墮落的生活。必須率先成為榜樣的醫生，竟然抽菸，每天晚上喝酒，吃得腦滿腸肥，不做健康檢查，難道他們不覺得丟臉嗎？」

我也不想和醫師會員的太太們打交道。有一次厚生大臣來演講時，我一起參加了聚會，這些醫生太太個個濃妝豔抹，打扮得花枝招展，都是一群滿腦子只有美食和名牌，俗不可耐的人。

✦

怎樣才是稱職的醫生太太？

醫生掌握病人的生死，醫生太太必須當好賢內助，讓醫生能夠在身心最佳狀態下投入工作。在這種情況下，有時候就無法直接表達內心的想法，也就是說，醫生太太必須為了病人犧牲。

✦

我自認身為醫生太太，都有完成應盡的職責。我注重冬司的健康管理，在精神上支持他，讓他能夠全心投入醫療工作。當他疲憊地回到家時，我會立刻準備晚餐和洗澡水，考慮到營養均衡和攝取的熱量，隨時準備乾淨的毛巾和睡衣，整理好睡床，讓他可以舒服地休息。

我用心傾聽冬司說的話，不時附和，安慰他的辛苦，同意他的意見。當治療遇到瓶頸時，就會安慰、鼓勵他，為他帶來勇氣。如果有不爭氣的職員，不聽話的病人，我就和他同仇敵愾，一起痛罵對方。我敏感地察覺到冬司希望我如何反應，然後不經意地回應他的期待。別忘了我可是京大法學系畢業的，對我來說，這種事毫不費力。

我如此無私為他奉獻，是因為我發自內心深深愛著他。

但是冬司呢？他愛不愛我呢？

他向來沒有任何表示。從來不說謝謝，不說他很高興，也不說他愛我。我總是不安地問他：

「我身為醫生太太，有什麼欠缺的地方嗎？」

我當然不這麼認為。我認為自己是完美的妻子。之所以故意這麼問，是希望他能夠否認，然後反過來問我，他是不是有哪些地方不足。如果他這麼問，我或許能夠開口告訴他。

他在性生活方面很不足。

生了孩子之後，通常會有一段時間性生活比較淡薄。信介出生之後就是如此。但在一年之後，又恢復正常，不久之後，我又懷了佑介。差不多在那個時期，冬司回到大學，打工同時做研究。研究很忙，他經常熬夜寫博士論文。我能夠理解他因為疲勞和身心壓力導致性趣缺缺，我本身並不是性慾很強的人。

但是完全沒有性生活，未免太空虛了，但又沒有可以讓女人在外面解決性慾的店，牛郎店太可怕，我完全不敢去。

一旦性慾高漲，只能向丈夫要求，但我總不能自己開口。要我做這麼丟人的事，那不做也罷。

我只能靠閱讀忘記性慾，我向來喜歡法國文學，看了《包法利夫人》、《克萊芙王妃》、《歐傑爾伯爵的舞會》，結果更撩起我的情慾和妄想。

為了解決難耐的慾求，我偷偷郵購了女性情趣用品。

那是外形很優雅的按摩棒，沒想到帶給我莫大的快感，但自慰還是很空虛，我很希望丈夫能夠安慰我。為了挑逗冬司，我用了各種方法。把有色情書刊廣告的報紙不經意地攤在他面前，或是把有性感彩頁的周刊雜誌放在他可以看到的地方，但都無法發揮任何效果。

我還郵購了性感內衣。冬司不在家時，我在鏡子前看著自己裸體的樣子。乾瘦的身體，乾澀的皮膚，鎖骨格外明顯，胸部下垂，腰部很不明顯。看到自己的身影時，我驚愕不已。臀部和大腿之間竟然出現了皺紋。我根本不敢穿性感內衣，難道我這朵女人花就從此枯萎凋零了嗎？我才四十三歲，就已經變成老太婆了嗎？

✦

目前是人生中最年輕，也同時是最老的時候。

嘆息和煩惱都是相對的。在面對重大問題時，無聊的嘆息就消失了。

✦

雖然我感到焦慮和不安，但靠智慧努力克制。

冬司每天都在醫院辛苦工作，身為太太的我不能打擾他。身心壓力會影響他的性慾，他可能認為做愛只是浪費時間和體力。與其做這種事，聽古典音樂，或是欣賞介紹名畫的DVD更能夠放鬆心情。我努力告訴自己，冬司就是這種男人。

沒想到我發現冬司去護理師家裡過夜。

那天，冬司打電話給我說，病人手術後的狀態不理想，因此他要住在醫院。這種情況並不稀奇，冬司責任感很重，當自己主刀的病人情況不理想時，他經常留在醫院過夜。

那一陣子，我為小兒子佑介的功課煩惱不已。他在本地高中讀二年級，成績很不理想，照這樣下去，根本不可能考進醫學系。他的哥哥信介很優秀，和爸爸一樣就讀灘中、灘高，去年考進大阪大學醫學系。

那天晚上，佑介愁眉苦臉地對我說：

「我不想讀醫學系。」

我煩惱不已，不知道該如何是好，決定先和冬司討論一下。我打了院長室的專線電話，但沒有人接。於是又打給在事務局值班的人，對方告訴我，院長傍晚已經回家了。

我內心產生疑惑。

事務局的值班人員可能搞錯了。為了謹慎起見，我在十一點多時又打了一次院長室專線電話，還是沒有人接。他在病房為病人看診嗎？我坐立難安，自己開車去醫院。院長室的門是鎖著的。

隔天冬司回家後，我若無其事地對他說：

「昨晚一定忙壞了吧？辛苦了。」

「嗯，一名直腸癌的病人發生了腸阻塞。」

「緊急手術了嗎？」

「不，幸好後來順利排氣，化險為夷。」

我很難過。天底下沒有比不知道事跡已經敗露，還在說謊的男人更可悲的人了。

「太好了，那你昨晚住在醫院嗎？」

冬司變得面無表情，我可以感受到困惑和慌亂在他腦海中翻騰。我繼續追問：

「有人打電話給我，說看到你了。」

「怎麼可能？在哪裡看到我？」

他的回答已經露餡。我說有人打電話告訴我，其實是騙他的。如果他在醫院，就會一口否認不可能有這種事，正因為他去了被別人看到會出問題的地方，才會這麼緊張。

我只要默默注視著冬司就好。他不擅長說謊，卸下心防向我坦承說：

「對不起，手術部的護理師說有事要向我請教，我們就一起去吃飯，在吃飯時聽她說明情況。結果她不小心喝多了，我只好送她回家。我送她回到家，但她爛醉如泥，我就陪她一下，但就只是這樣而已，我絕對沒有做任何對不起妳的事。」

他不可能輕易招供。我高高在上地責問他：

「醫院有重症病人，你卻離開醫院嗎？」

「不是啦，那名護理師之前就和我約好了。」

「所以你昨天說，病人狀態不理想，你要住在醫院是騙我的嗎？」

「對不起。」

「她向你請教什麼事？」

「是關於戀愛的問題，她喜歡醫院的醫生，但感情發展不太順利。」

「是哪一個醫生？」

「這、這……」

冬司想到我認識醫院的所有醫生，只要他說出名字，我就可以查證，他張口結舌，答不上來。

「夠了，但是你真的沒有做對不起我的事嗎？」

「嗯，我可以發誓。」

「好，那我現在要去向那個女生確認。我擔心你在我去的路上和她串通，所以你和我一起去。」

冬司說不出話，垂頭喪氣地投降了。

「我身為院長，怎麼可能做這種事？對不起，都是我的錯，我只是一時鬼迷心竅，請妳原諒我。」

✦

他背叛了我。我傷心欲絕。

我痛苦、悲傷，覺得自己很悲慘。無論再怎麼責怪對方，都不能消除內心的痛苦；無論再怎麼痛罵，仍然難以接受。無論我怎麼發怒，對方也只能默默忍受。

於是我知道，被害人的立場可以很強勢。

✦

我一整晚都在數落，告訴冬司，我身為醫生的妻子有多麼努力，多麼無私奉獻。

冬司只是低頭聽我說，不停地說著對不起、很抱歉、都是他的錯。我扯尖了嗓子說：

「你只會說這種話嗎？」

冬司無話可說，只能陷入沉默。

「你不要悶不吭聲，倒是說話啊。」

冬司痛苦不已。在他惱羞成怒之前，我為他準備了生路。

「你真的覺得自己做錯了嗎？你有發自內心反省嗎？」

「那當然。」

「我很尊敬你，也很感謝你帶給我幸福的家庭，和你生活在一起，讓我感到很幸福。正因為我知道你全心全意投入醫療，才這麼關心你，在各方面為你著想，想說的話也都忍著不說，努力當好賢內助。」

「我知道。」

「既然你知道，為什麼還背叛我！」

我用手拍著桌子。冬司無法反駁，就像是手腳在掙扎的蟲子一樣。我再度用言語折磨他。

「你知道我每天的心情嗎？我每天都費盡心思，努力讓你工作順利，努力讓你多治療一名病人，希望醫院可以有進一步的發展。整天都關心、擔心醫院會不會發生醫療疏失，病人有沒有為一些不合理的事投訴，職員有沒有抱怨，希望可以稍微減輕你的重擔，讓你稍微輕鬆一點。」

「……這樣嗎？」

「你連這種事都不知道嗎？你太自私了，一丁點都沒有想到我。」

「不，我有想到妳，也很感謝妳。」

「既然這樣，為什麼要做這種讓我難過的事？」

沉默。我用言語把他五花大綁。我為自己說的話感到難過，忍不住哭了起來。

「你知道我獨自等在家裡時有多寂寞嗎？但是我都忍下來。因為你在醫院很努力，為了病人工作，所以我不能自私任性。我告訴自己必須忍耐，但是我很痛苦，很寂寞，幾乎快撐不下去。你知道我想要表達的意思嗎？你知道我為什麼感到痛苦嗎？我也是活生生的女人。」

「真的很對不起，請妳原諒我。」

他想要抱我。

「不要碰我，你髒死了。」

一切都如我的計畫。我充分發洩怒氣，繼續玩弄畏縮的冬司。

「你知道自己在做什麼嗎？不要用碰過別的女人的手來碰我，我甚至想砍斷你這雙手。」

即使我用力瞪他，他也始終低著頭。

這時我發現自己身體發燙。痛斥冬司可以讓我得到性的快感。

冬司說，他只是一時鬼迷心竅，我相信這是真的。只要看他平時的樣子就知道了。我在大發雷霆的同時，意識到正在演發怒的自己。以壓倒性強勢的立場自由地痛罵丈夫，比乏善可陳的性愛更理想。

✦

這可能算是異常的狀況。家裡的氣氛很緊繃，每個人臉上都失去笑容。我隨時都很不悅，隨時都強調自己受了傷。冬司只能默默忍耐。當他快惱羞成怒時，我再稍微放鬆韁繩。我以前不知道，活活折磨一個人竟然可以帶來如此淫靡的快感，而且對方是自己的丈夫，一個優秀而出色的醫生。

所以我帶著矛盾的心情愛著冬司，曾經造成我莫大痛苦的性慾完全消失了。

✦

雖然家庭狀況出了問題，但小兒子佑介總算打起精神，在平成十一年（一九九九年）三月，考進東京的醫科大學。如果他重考，完全有機會考取國立大學，但佑介似乎並無此意。他的哥哥信介很像我和冬司，個性坦率誠實，佑介不知道像誰，有一種厭世感。難道是因為父母和哥哥太優秀，對他造成壓力嗎？

冬司在醫院時，一如往常地持續醫療工作。和以前一樣，在其他醫院遭到拒絕的病人紛紛前來土岐紀念醫院，冬司之前曾經大肆批評推出「癌症免疫強化療法」的十条診所，其院長逃稅被捕，診所在年底關門大吉。在那之前，就因為捏造治療成果和與病人之間的糾紛引發問題，病人數銳減。

「虛假的希望果然行不通。」

雖然冬司志得意滿地說，但其實十条診所倒閉另有隱情。我在那時候開始流行的「2ch」匿名文字討論版上發文，說「癌症免疫強化療法」根本是騙人的。我朋友的先生精通電腦，我透過他發文。結果有病人曾經在十条診所接受治療，付了高額的治療費，卻仍然沒有治好癌症，那些病人和他們的遺族都擁入那個網站，紛紛留言投訴。消息很快就傳開，導致診所和病人之間的糾紛，病人數頓時減少。

冬司至今仍然沒有改變癌症就要全部切除的方針，他認為無論是否已經進入晚期，或是有轉移情況，只要是肉眼可以看到的癌症，就必須切除。他持續接受其他醫院判斷已經無法動手術的病人，雖然有病人因手術而送命，但大部分病人順利完成手術後出院。有病人在手術後癌症復發，又再次住進醫院，也有的病人完全切除後治癒。

冬司身為醫生，堅持著不可動搖的信念。我為他感到驕傲。

電視節目也介紹了冬司在醫界發揮的影響力。

一名廣島縣的癌症病人，直腸癌轉移到肝臟和肺部，九家醫院都對病人說，已經無法動手術，病人從網路上得知冬司的事，來到醫院就診，希望可以動手術。冬司當然接受這個病人，手術持續八個小時，順利切除癌細胞。病人笑著出院，冬司被視為英雄，我為他感到自豪，但電視只介紹到這裡而已。

那名病人在兩個月後，因癌性腹膜炎再度住院，三個星期後死亡。

上了電視之後，有許多演講的邀請。我很喜歡聽冬司演講，經常混在聽眾中，坐在觀眾席的中央。看到冬司在台上充滿熱忱地演講，心情很暢快。聽眾把他當成救世主，專心聽他說話，為他鼓掌。

但是事情無法每次都順利落幕。

那場風波發生在平成十二年（二〇〇〇年）二月，在長野縣飯田市市民會館舉行演講的時候。在演講結束後的互動問答時，有一名醫生發問：

「請問土岐醫生，你對癌症的擱置療法有什麼看法？」

癌症的擱置療法就是過度誇大手術和抗癌劑造成的弊害，認為只要觀察癌症的發展即可。不久之前，有一部分醫生開始主張這種療法，但冬司認為，這種療法完全沒有醫學根據。

「擱置療法簡直荒謬絕倫，醫生不可以有這種怠慢行為。」

冬司斷然否定。他有這種反應很正常，因為他在當天的演講中，依然主張必須徹底治療癌症。

「但是實際上不是有病人因抗癌劑的副作用縮短生命，或是在手術中失去生命嗎？」

發問的醫生沒有罷休。冬司冷靜地回答：

「但不能因為這樣，就任憑癌症繼續惡化。盡可能早期發現癌症，盡可能大範圍切除是最確實的治療方法。」

「為什麼有些病人即使早期發現，最後仍然死於癌症？」

「因為有些癌症的惡性度很高。」

「那為什麼有些晚期癌症病人，仍然能夠活下來？」

「因為癌症的惡性程度較低。」

「所以癌症有惡性度高低之分，惡性度高的癌症在發現時，很可能已經轉移到細胞內，治療很可能成為導火線，導致病情更加惡化，治療反而會變成一種危害。惡性度低的癌症，很可能不會危及生命，治療的必要性比較低。無論是哪一種情況，不都是採用擱置療法比較理想嗎？」

發問者很卑鄙地用理論武裝自己的意見。我狠狠瞪著發問的醫生，他頭髮花白，戴著眼鏡，看起來充滿知性。

「這只是假設而已。」

冬司否定他的意見，發問者立刻反駁說：

「癌症必須全部切除不同樣是假設嗎？」

「太可笑了。」

冬司一笑置之，發問者沒有退縮，繼續說道：

「不妨看一下乳癌手術的情況，以前幾乎所有的乳癌病患都接受全乳切除手術，但是美國的研究調查證明，全乳切除手術的病例和乳房保留手術的死亡率並無差異，所以目前乳房保留手術的比例持續增加。也就是說，乳癌需要全乳切除手術是毫無根據的假設。這種情況不是也可以套用在其他癌症上嗎？」

冬司閉口不語，無法反駁。

「而且還有另一個問題，」發問者窮追猛打，「外科醫生經常說是手術救了癌症病人的生命，但事實真的如此嗎？除非有證據可以證明，病人不動手術就會死亡，否則就無法說是事實。你剛才提到的惡性度低的癌症，即使不積極治療，很可能也不會對生命造成威脅，這不是為原本就不會死的病人動手術，結果說是自己救了他們嗎？」

這種說法太卑鄙無恥。既然已經動了手術，就無法用邏輯證明靠手術救活的病人，如果不接受手術就會死。

而且也不可能為了確認這件事，不為癌症病患動手術，只是觀察癌症的變化。

冬司在講台上咬著牙。我著急起來。為什麼不反駁？如果放著癌症不治療，病人就會死啊。

發問者好像看透我的心思，牽制冬司。

「雖然很多民眾認為，癌症不治療，就一定會死，但我們醫生並不這麼認為，對不對？事實上我們看過不少高齡、有併發症或是無法治療的癌症病人，活了好幾年也沒死。」

確實，就連土岐紀念醫院也有這種病例。有些病人擔心副作用而拒絕治療，並沒有死亡，或是有人聽了手術的說明感到害怕而主動出院，之後仍然活得好好的。因為冬司瞭解這些情況，所以無法反駁。

「而且，這是我多年來的疑問，必須做切片檢查才能診斷癌症，但切片檢查是否有引起轉移的危險？」

切片檢查就是切取腫瘤的一部分，將細胞放在顯微鏡下檢查的診斷法。在切片檢查證明有癌細胞後，才能確診罹患了癌症。切片的方式通常都是用鉗子取出，或是用針吸取少數組織。

「癌症轉移是癌細胞從原發部位剝離，混入血液中才會發生，切片檢查時，會將癌細胞剝下，一旦出血，不是可能混入血液中嗎？」

會場內響起一陣騷動。如果癌症檢查會引起轉移，簡直太可怕了。冬司努力反駁，試圖挽回劣勢。

「很多病人都做了切片檢查，但並不是所有人都發生轉移。」

發問者老神在在地反駁說：

「研究發現，癌症轉移時，原發部位剝離的癌細胞有百分之九十以上無法到達內臟器官就死了，這個機率和早期胃癌的治癒率一致，這是不是代表雖然是早期癌，卻發生轉移的那百分之十的病人，是切片檢查造成轉移？」

太可怕了。早期胃癌做切片檢查，十個人中就會有一個因此造成轉移而失去性命？

冬司拿出手帕，擦著額頭上的汗水。會場內的議論更大聲了，照這樣下去，這場演講會以失敗告終。

「等一下。」

我忍不住站起來要求發言，會場的工作人員把麥克風交給我。

「請問你剛才所說的話，已經在醫學上獲得證明了嗎？如果還未經證明，就散播這種危言聳聽的假設，不是違反身為醫生的道義嗎？」

發問的那名醫生看著我，似乎有點掃興。他還來不及開口，我繼續用強烈的語氣教訓他：

「醫生的職責，不是帶給病人希望嗎？玩弄這種未經證明、會讓社會大眾不安的資訊，只能說是很惡劣，而且很不道德的行為。我相信土岐醫生所說的癌症篩檢，而且也認為一旦得了癌症，就必須徹底治療。我無法在得了癌症之後不治療，任憑癌症惡化。」

會場內到處看到有人在點頭，發問者反駁說：

「如我剛才所說，所有癌症都必須治療只是假設。」

「所以你認為即使得了癌症，也不要治療嗎？」

會場內瀰漫著難以置信的氣氛。發問的醫生提高音量，試圖挽回形勢。

「目前對癌症還有很多未知的部分，有很多病人因為過度醫療而受害……」

「既然還有很多未知之處，不是應該以安全為優先，接受治療嗎？因為癌症不治療，死亡的危險性很高。」

會場內有更多人點頭，發問者無言以對。我繼續說道：

「癌症的擱置療法是從一開始就放棄治療的敗北主義，一旦散播這種消息，原本可以治好的病人就會排斥治療，如果病人因此失去生命，你能夠負起責任嗎？不負責任地建議擱置療法的醫生，等於剝奪了病人獲救的機會。」

會場內響起掌聲，所有人都贊成我的意見。發問的醫生試圖反駁，但主持人插嘴說：

「時間差不多了，現場問答就到此結束。」

台上的冬司鞠躬，會場內響起如雷的掌聲，沒有人再理會那個發問者。

回到家之後，冬司對我說：

「今天謝謝妳，多虧妳出手相救。」

「我只是做了醫生太太該做的事，反正沒有人認識我，沒有人知道我和你的關係。」

✦

人生就是連續發生諷刺的事。

當面對極大諷刺的事時，會產生這樣的想法，但其實並不是連續發生。醫療行為原本就很容易出現諷刺，以為是有益健康的事，卻經常會出現反效果。

那一年十二月做癌症篩檢時，冬司被診斷出胃硬癌。我們每年做四次癌症篩檢，難道是因為曝露於過量輻射引起的嗎？幸好我並沒有得癌症。

✦

雖然確診罹患癌症令人震驚，但三個月前還很正常，絕對是早期癌，沒想到在肝臟左側發現轉移。冬司立刻在土岐紀念醫院接受全胃切除和肝臟左葉切除手術。雖然在肝臟只發現了一處轉移，但在手術時，並不是部分切除，而是大範圍切除。

手術之後，又繼續進行密集的抗癌劑治療。通常只結合兩種類或是三種類的抗癌劑，但冬司結合點滴和口服的方式，總共使用五種抗癌劑。

結果導致冬司產生嚴重嘔吐，嚴重的口腔潰瘍導致他無法進食，手腳麻痺，整天腹瀉，痛苦不已。由於幾乎處於無法進食的狀態，於是就在鎖骨下方放置全靜脈營養的導管。

實在太痛苦，所以冬司想要停止抗癌劑治療。目前已經藉由手術，切除了肉眼可見的所有癌細胞，但萬一有癌細胞殘留在細胞內，後果不堪設想，因此必須用抗癌劑持續治療。如果停止治療，剩下的癌細胞不是可能會增加嗎？

我勸冬司，不要停止所有的抗癌劑，至少持續使用一種或兩種。

也許是因為副作用的強烈程度超乎想像，冬司有點膽怯。他提出暫時停止治療，觀察一陣子再說。我強烈反對。

「我知道你很難過，但如果停止治療，不就和擱置療法一樣嗎？身為醫生，怎麼可以如此怠慢？難道你要承認，之前在飯田市演講時，那個提問找碴的醫生的說法是正確的嗎？」

「並不是這樣，但至少先休息一陣子，讓我可以進食。」

「萬一癌細胞在這段時間增加怎麼辦？反正目前有全靜脈營養，即使你完全不吃，也沒有問題啊。」

冬司沒有回答，我繼續說服他。

「我希望你可以趕快好起來，如果放棄治療，不就在等死嗎？我無法接受這種事，你不是曾經說過，只要持續治療，病人就可以持續充滿希望。如果你停止治療，會讓我失去希望，難道你要讓我陷入絕望嗎？」

冬司皺著眉頭說：

「治療太痛苦了，照這樣下去，副作用會讓身體變得很虛弱，反而會縮短性命。」

「你之前不是說，只要妥善治療，就不可能縮短性命嗎？現在你自己卻做不到嗎？這未免太奇怪了。」

我堅決不同意他停止治療。

但是我比之前更加全心全意照顧他，為他擦拭身體、擦汗，為他濕沾嘴唇，當他想要嘔吐時，就撫摸他的背，還為他把屎把尿。冬司的身體越來越瘦，簡直像老人一樣。他口腔潰瘍疼痛不已，上吐下瀉不止，全身無力。

我拚命鼓勵他。

「你已經承受了這麼大的痛苦，一定會好起來。你這麼痛苦，代表癌細胞也在痛苦。再忍耐一下，只要癌細胞消失，你就一定會好起來。」

大兒子信介是醫學院的五年級學生，已經具備充分的醫學知識，他當然贊成冬司繼續治療。小兒子佑介才二年級，還沒有學到充分的專業知識，卻插嘴表達了無益的意見。

「既然爸爸不想治療，那就停止啊。」

「一旦停止治療，不是無法阻止病情惡化嗎？你不要以為自己學了一知半解的知識，就可以隨便插嘴。」

我斥責佑介，他就沒有再說話，只是浮現令人毛骨悚然的冷笑，像旁觀者一樣，觀察事態的發展。

我希望冬司接受所有的醫療，但這樣閉著眼睛繼續治療，真的沒有問題嗎？必須瞭解治療是否奏效，沒想到冬司說不想做檢查。

「我有不祥的預感。」

「別開玩笑了，你不是醫生嗎？怎麼可以說預感這種完全不符合科學的話？如果不檢查，根本沒辦法知道治療是否順利，萬一轉移到其他地方，不是應該及時採取措施嗎？」

冬司勉為其難地同意接受檢查。

檢查分為X光檢查、電腦斷層掃描、磁振造影和超音波檢查，既然要做，當然就要徹底檢查。手術三個月後，在冬司的肝臟發現很小的轉移癌，做了腹腔鏡後，發現腹膜上好像撒了一把白芝麻，也發生轉移。

冬司得知結果後，睜著凹陷的雙眼嘀咕說：

「完蛋了，到此為止了。」

「你千萬不能放棄，還有機會。只要動手術切除轉移癌就解決了。」

「既然已經轉移到腹膜，就代表癌細胞已經擴散到全身，動手術也無濟於事。」

「抗癌劑不是可以消滅擴散到全身的癌細胞嗎？你之前不是一直都對病人說，叫他們不要放棄，徹底對抗癌症到底嗎？現在你自己要放棄嗎？」

「這樣可以活得久一點。」

「如果不試試，怎麼會知道呢？你為什麼還沒努力，就說這種懦弱的話？你這樣對得起以前那些在你的要求之下，和癌症對抗的病人嗎？」

冬司目不轉睛地看著我，在長時間沉默後說：

「好，那我就接受手術。」

接下來要說服醫院的醫生。外科醫生和麻醉科醫生都說手術很危險，表示無法同意。

「難道要我丈夫就這樣等死嗎？我當然知道手術很危險，但是如果不動手術，他就必死無疑。如果轉移癌就只有目前所看到的，只要切除，不是可以救他一命嗎？為什麼不願意賭一賭這種可能性？明明還有方法可以救病人，你們連試也不試就放棄，這樣還算是醫生嗎？」

幾名醫生不知所措，最後回答說，要聽從院長冬司的指示。冬司用沙啞的聲音回答說：

「只要我太太滿意就好……拜託了。」

這場手術攸關土岐紀念醫院的威信。在手術進行到一半時，執刀醫師問等在手術室外的我：

「腹膜的轉移比之前更嚴重，如果要切除零星的轉移再縫合，光是這樣就要耗費超過八個小時。」

時間根本不重要，治好疾病才是關鍵。我毫不猶豫回答：

「全部切除。」

最後，手術花費十五個小時。上次已經切除肝左葉，這次將肝右葉上有轉移癌的部分挖除，耗費了相當長的時間。

冬司在麻醉昏迷的狀態下被送入加護病房，我對著沉睡的冬司說：

「老公，你很努力，已經切除所有癌細胞了。」

冬司臉色發白，信介不安地增加氧氣面罩的流量，加快輸血的速度。佑介站在不遠處，不發一語注視著父親。

我雙手緊緊握著冬司的手說：

「手術成功了，你趕快好起來，繼續拯救無數病人。」

不會有問題，我相信冬司一定會好起來。

平成十三年（二〇〇一年）五月九日，冬司在完成手術後的二十五天期間，完全沒有清醒過，就離開了人世，享年四十九歲。土岐家族果然很短命。

但是，我並沒有後悔。因為我們已經盡了最大的努力，已經無法更努力了。

冬司實踐了他對病人說的所有話，既沒有妥協，也沒有逃避，沒有因為是發生在自己身上，就採用不同的標準，中途停止治療，更沒有因為敗北主義而放棄治療。

我為奮鬥到生命最後一刻，都沒放棄希望的冬司感到驕傲。

我回想起他說的話：

——剛動完手術時，病人認為癌症切除了，這是至上的喜悅，可以為病人帶來生命的希望。

沒錯，希望的大旗是絕對的正義。

忌壽

採訪的記者離開後，我無力地癱坐在椅子上。

我並沒有說謊，但按照目前的情況，報導的內容應該會和事實有極大的落差。

八十八歲仍然為病人看診的現役醫生。這樣的說法的確沒有錯，但我只是健檢中心的名譽負責人，每個星期只來健檢中心一次，而且只有上午的時間裝模作樣地為健康的人問診，拿起聽診器聽一下。既沒有為病人看診，也沒有為他們治病，有資格稱為「現役醫生」嗎？

我看起來的確比實際年齡年輕，雖然頭髮花白，但髮量仍然豐富，沒有太多皺紋。姿勢很挺拔，腰腿很硬朗，但是……

我回想起剛才在回答那些好像誘供般的問題時，記者所表現的反應，心裡很不是滋味。

「你不搭電扶梯走樓梯，而且三步併作兩步，跳級走上樓梯嗎？太厲害了！」

我只是偶爾這樣走上來，並不是每次都這樣，但記者似乎認為這可以成為報導的賣點，樂不可支地寫在記事本上。

雖然我戴著老花眼鏡，但並沒有戴助聽器，幸好食慾不錯，晚上睡得很好。

「手島醫生，這完全是高齡者的理想狀況，即將迎接老年的預備軍，都很希望能夠像你一樣。」

二〇二〇年，日本人的平均壽命開始縮短，一度減少到七十八歲，在二〇四〇年後再度轉為增加，在八年前的二〇六〇年，平均壽命終於超過九十歲。媒體上經常看到「人生九十年」、「人類正常的壽命是一百二十歲」之類的言論，如今是邁入八十歲就算早死的時代。

四十多歲的記者一身全新環保材質西裝，很想知道我這個年紀，仍然能夠繼續行醫的秘密，但這根本是強人所難。我並沒有實踐特別的健康法，或是注意生活習慣，如果硬要說什麼秘訣，那就是我隨心所欲過日子。

當我這麼回答時，記者痛苦地皺起眉頭說：

「這樣沒辦法寫報導。我想瞭解你能夠這麼年輕又健康的秘訣，或者說特別的習慣。」

「我並沒有很健康，也不年輕。雖然外表看起來沒有很老，但因為攝護腺肥大和膀胱過動症，所以用了幫老適。」

「幫老適」是新型的薄質尿布。最近尿布逐漸進化，隔著長褲，看起來和普通的內褲差不多，而且具有防臭效果和吸濕作用，即使失禁也不需要馬上更換，使用很方便。

我繼續說明自己的狀況。

「至於排便問題，每天早晨都需要灌腸，才能夠順利排便，但有時候會腹瀉，弄髒褲子。吃東西很容易嗆到，現在都吃糊狀的食物，喝味噌湯和喝茶，都要做成糊狀以免嗆到，而且還有嗅覺障礙，分不出醬油和醬汁的差別，即使吃咖哩，也完全聞不到香味。」

記者苦笑著充耳不聞，似乎不打算寫進報導。

「但是你姿勢很挺拔，雖然這麼說有點失禮，但你的思路很清晰，手腳沒有麻痺，不需要助聽器也可以聽見別人說話，眼睛只有老花而已，沒有白內障和青光眼吧？」

「雖然沒有這些，但有飛蚊症，而且經常耳鳴。沒走幾步，就上氣不接下氣，會心悸。腳背都浮腫，腰很痛，左手小拇指整天都麻麻的。」

「但你仍然在醫療第一線工作，顯然已經克服老化。」

記者似乎無論如何都要把我視為健康老人的榜樣。企劃的內容就是如此，這也是無可奈何的事，我嘆著氣，語帶同情地說：

「無論如何，我每天早上都會去散步。」

「這是重點，這就是重點。每天早上散步，實在太健康了，任何人都可以做到，而且聽說效果很出色。輕度運動有助於改善高血壓和糖尿病，還可以預防肥胖，消除壓力。散步的時候練習文字接龍，或是從一百不斷減七的計算，還可以預防失智。」

記者一副正合我意的態度，一邊說著，一邊把自己說的話記錄下來。想必在報導中會變成是我說的話。記者有記者的立場，更何況這些話並沒有錯，我沒有提出異議。

…………身體很沉重。

這種寂寞痛苦的倦怠感到底是怎麼回事？

被捧為健康老人讓人憂鬱，但同時也為漸漸失去健康感到不安。我沒有孩子，妻子貴子在八年前罹患肺癌去世。我沒有兄弟姊妹，從此舉目無親。雖然在經濟方面無虞，但不知道什麼時候會臥床不起，還有可能失智。

因為從事醫生這一行，充分瞭解醫療對老化和死亡的無力，只不過擔心也無濟於事，從眾多前輩和同事的情況知道，就算做好充分準備，很多事仍無法如願。

我完全沒有想到自己會活到這個歲數。我出生於一九八〇年，當時的男性平均壽命是七十三點三五歲，所謂的平均壽命，是指今年出生的嬰兒的餘命，和我根本沒有關係。我已經多活了十五年，不知道這到底是好事還是壞事。

回想起五十一年前，年僅三十七歲就離開人世的好友土岐佑介。

——我就不必了，反正我活不了很久。

我邀請他來到我和貴子的新婚之家，勸他早點結婚時，他這麼回答。他不是說「不會活太久」，而是說「活不了很久」，簡直就像是命運的安排或是有某種個人意志存在其中。

佑介是我的大學同學，他的專長是神經內科。他們家好幾代都是醫生，他是第四代，但他們家的醫生幾乎都英年早逝，他因此覺得自己不會長壽。只不過他並沒有對此感到害怕或是悲傷，反而認為是一件好事。

他對長壽抱著極度否定的態度。長壽經常會帶來肉體上的痛苦，佑介家中好幾代都是醫生，也許很早就切身體會到長壽的痛苦。

即使是這樣，難道他對死亡沒有恐懼，不想要長壽嗎？當時他年紀還輕，是怎樣克服的？

隔週星期三，我來到「彌榮健檢中心」的診察區，護理師叫住我。

「手島醫生，我看了JP新聞的報導，照片拍得很帥。」

兩天前，網站刊出上週採訪的報導。標題是『八十八歲現役醫生手島崇先生積極散步的無藥生活』。

果然不出所料，報導中極度擴大解釋散步的功效，完全沒有提到影響我日常生活的老化不適。

我問這個看起來三十出頭的護理師：

「妳希望自己長壽嗎？」

「我才不希望，如果可以，我希望六十歲左右就死。」

「為什麼？」

「即使活那麼久，似乎也沒什麼好事。」說到這裡，她慌忙補充說：「啊，如果可以像你一樣健康長壽，當然就沒有問題。」

「不不不，我一點都不健康，如果繼續老下去，就真的像生活在地獄，最近整天在想有什麼方法可以順利結束生命。」

「現在已經是無法輕易求死的時代，癌症都可以治好了。」

她說的完全正確。隨著醫療的進步，第一線的醫生都面臨意想不到的困境。在二〇三〇年代之前，還有很多人因癌症死亡，所以研究人員積極投入消滅癌症的研究。二〇一四年保疾伏（Nivolumab）核准上市，同時結合使用Ipilimumab，治療成效有了飛躍性的提升，再加上帕博利珠單抗（Pembrolizumab）等控制T細胞活性的藥劑逐漸實用化，即使是末期癌，也可以用免疫療法治好。

正因如此，導致外科手術沒有用武之地，抗癌劑和放射線治療都被取代。我以前是消化外科的醫生，由於接受手術的病人數量銳減，好不容易開發針對胃癌的新手術方式無法充分使用，最後只能轉換跑道，成為健檢醫生。雖然明知道健檢根本沒有意義，但身為醫生，並沒有除此以外的生存之道。

我忍不住用嘲諷的語氣對護理師說：

「如果想要六十歲左右就死，就必須活得很不健康。最近香菸和酒類這種影響健康的東西都很難買到，食品都以健康為優先。」

「你年輕的時候還有很多這種東西吧？我們現在很愛喝的『倍樂適得』可以讓情緒很快就興奮起來，但對血壓和血糖值都不會有任何影響，『朵熱可樂』可以帶來美妙的陶醉感，所有食物都零膽固醇，甜食都結合了胰島素，想要病死變成一件很困難的事，不過我打算快到六十歲時開始參加輕裝登山活動。」

輕裝登山活動就是帶著輕鬆的裝備，故意挑戰危險路線的登山活動，很多中高齡層的人都熱愛這項活動。在享受美景的同時，也許可以順利失足墜落山谷身亡的期待很迷人。

「妳是護理師，很瞭解長壽的缺點，但很多人仍然希望健康長壽，所以健檢業蓬勃發展，我們的健檢中心也是如此。」

「是啊，但我們目前所做的事有意義嗎？」

護理師用和她一身粉紅色制服很不相襯的憂鬱語氣低聲嘀咕。因為我平時就經常把對健檢的否定意見掛在嘴上，所以她才會這麼問。

「不瞞妳說，雖然健檢和癌症篩檢有可能早期發現疾病，拯救生命，但大部分都像是為了讓自己安心，就像是買護身符的感覺。我在這個業界三十年，絕對不會騙妳。」

「手島醫生，你是這裡的名譽負責人，對你說這種話可能很奇怪，但我覺得健檢中心所做的一切，根本就像是在自導自演，然後從中獲利。檢查出一些根本不需要擔心的異常，讓來檢查的人提心吊膽，要求他們做進一步精密檢查，然後告訴他們不必擔心。血液檢查的標準故意設得很嚴格，然後要求來做健檢的人持續服藥、回診。」

「這並不是現在才開始做這種事，預防醫學進步太快，生病的人越來越少。病人減少，醫療的收入當然就減少，為了維持整個業界，就必須增加病人。幸好我們有這方面的專業知識，不費吹灰之力就可以唬弄社會大眾。媒體只要寫醫療問題就可以保持銷量，然後就拚命煽動社會大眾的危機感。」

「我們也是幫兇，真希望可以做更健全的工作。」

我很想安慰這位沮喪的護理師，但找不到有效的說詞，只能發出厭世的嘆息。

「我也不想做這種工作，但無可奈何。現在癌症都不需要動手術，大部分疾病都只要吃藥就可以治好。」

我說完這句話，轉身走進診間。

我在這裡的工作，就是為前來健檢的人問診，瞭解他們在健康方面是否有什麼問題，檢查眼睛和舌頭，把聽診器放在他們胸口。雖然幾乎沒有任何疾病可以靠聽診判斷，但至今仍然無法擺脫不這麼做，就不像看診的感覺，而且高齡者更需要聽診，如果沒有進行聽診，他們可能就會認為醫生沒有認真看診。彌榮健檢中心是鎖定「醫療勝利組」的高級健檢中心，由醫生親自問診。雖然會增加人事費用，但比起AI機器人，民眾更希望由醫生看診。

今天上午的第一棒，是每個月都來健檢的八十五歲男性，他在全國開了一系列中式義大利麵的連鎖店，是靠自己創業致富的成功人士。雖然錢多得花不完，但很怕死。之前每年做一次健檢，漸漸縮短為半年一次、三個月一次，最後變成如果不每個月確認健康狀態，就無法安心。

「手島醫生，麻煩你了，請你讓我可以活到一百歲。」

他合掌用東京腔說道，在電動椅上稍微後仰，閉上眼唸唸有詞。

「沒有任何異常。」

我像往常一樣告訴他，他對著半空合起雙手說：「好，謝謝。醫生，我看了你在JP新聞上的報導，上面說，散步有益健康，但我的腿力不好，沒辦法每天都去散步。手島醫生，真羨慕你雙腿矯健有力。到底是因為你身體健康，能夠每天早上散步，還是因為每天早上散步，身體才這麼健康？」

「不清楚。」

「應該是由於身體健康，才有辦法散步，不知道有沒有辦法至少讓我的雙腿變年輕？這樣的話，我身體就會更健康。」

他留下這句讓我無法附和的話，坐著電動椅離開診間。

又為幾個人做完健檢後，進來一個肌肉飽滿的七十二歲男人。他挺胸聳肩，可能努力想要展現自己很年輕。他似乎是大企業的高階主管，全身散發出在至今為止的競爭中百戰百勝的氣勢。

我照例詢問他健康方面的問題，他不悅地回答：

「只要走十分鐘左右，腿就很痛，無法再繼續走路。我去綜合醫療中心的骨科看了之後，醫生說我有脊椎椎管狹窄症。」

脊椎椎管狹窄症是脊椎的椎管變狹窄的疾病，由於會壓迫到神經，因此會出現疼痛或是麻木症狀。七十多歲的人發生這種情況並不稀奇，但這位先生似乎難以接受。

「我從年輕時就持續做肌力訓練，作息都很正常，努力做好健康管理，為什麼會生這種病？」

「也可能是運動過度造成的，一旦增加負擔，脊椎容易變形。」

男人皺著眉頭。他似乎聽到我說肌力訓練是原因，感到混亂。我慌忙補充說：

「雖然脊椎椎管狹窄症聽起來好像是疾病，但其實只是自然老化現象，是因為多年使用身體引起的狀態。」

「開什麼玩笑！我才七十二歲，從年輕時就勤練身體，怎麼可能有老化現象？」

原本以為說是自然現象，他就會安心，沒想到反而造成反效果。他又加強語氣說：

「現在七十多歲的人都還在工作，所謂『人生七十才精采』，正準備好好享受人生，怎麼可以出現老化現象？而且我到目前為止從來沒有生過什麼大病，血壓、血液檢查和心電圖都很正常。既不抽菸，又不肥胖，為什麼腿會痛？」

即使他說了一大堆和脊椎椎管狹窄症完全沒有關係的事，仍無法成為反證，而且「人生七十才精采」是健身業界推出的流行語，以前都認為七十歲已是「古稀之年」。雖然現在七十歲並不稀奇，但人體的耐用年數並沒有太大的變化，而是人類的意識發生變化。健康產業的花言巧語讓人產生誤會，更難以接受事實。

我放棄說明，問他是否還有其他問題。

「雖然稱不上是問題，但最近常跑廁所。」

「攝護腺可能有肥大現象。」

我隨口說道，他再度面紅耳赤，似乎難以接受。

「我為了預防攝護腺肥大，避免攝取刺激性食物，多喝水，不憋尿，還預防便秘，花時間泡澡。在飲食方面，每天都攝取富含異黃酮的豆腐、豆漿和納豆，為了攝取有助於促進男性荷爾蒙分泌的鋅，我向來使用鋅製的飯碗和筷子。我都已經這麼努力，怎麼還可能攝護腺肥大？」

他到底從哪裡聽來這些知識？

「要花很長時間才能排尿嗎？」

「不會。」
「尿線會細嗎？」
「不會。」
「會不會有尿不乾淨的感覺？」
「完全沒有。」
他全然否定攝護腺肥大的症狀，死也不願承認。每兩個男人就會有一個人有攝護腺肥大的問題，這並不是什麼壞事，更不是丟臉的事。他似乎對自己外表看起來比實際年齡年輕感到自豪，這件事也許關係到他的自尊心。雖然他的神態很年輕，行動敏捷，但腦袋似乎有點空。

女性也會來健檢。
一名教日本傳統舞蹈上方舞的老師走進來。她的年齡九十二歲，一頭閃著銀光的白髮，肌膚白皙透明。雖然脖子上有皺紋，但身體像幼竹般挺拔。即使穿著檢查服，她坐在電動椅上的姿勢看起來很優雅。當我問她有沒有什麼健康方面的問題時，她回答說沒有。我佩服地說：「真是太厲害了。」她嗤之以鼻地說：
「哪裡厲害？到了這個年紀還這麼健康，根本沒有任何好事。」
「是嗎？大家都希望健康長壽。」

「哼。」

她一臉不屑地冷笑，我忍不住促狹地問：

「既然妳沒有健康方面的疑慮，為什麼要來做健檢呢？」

「是我女兒逼我來的。」

「妳女兒真孝順。」

「才不是這樣！她很擔心我哪一天躺在床上拖累她，這才每年為我安排兩次健檢。但是我想請教一下，即使頻繁做健檢，生病的時候還是會生病，不是嗎？」

「說白了，就是這樣。」

女人輕輕嘆氣，不悅地說：

「我才不想讓那種無情無義的女兒照顧。醫生，有沒有什麼可以不必長時間躺在病床上，馬上就死的方法？」

如果有這種方法，我自己也很想試。

診察的結果一如預期，完全沒有異常。九十二歲沒有任何異常很值得恭喜，我很想高興地這麼告訴她，但覺得她可能會生氣地回我「有什麼好恭喜的」，於是我閉口不談。

接著走進來一個看起來就很神經質的四十八歲女人。

她在半年前的健檢時發現了肝臟水囊腫，然後就擔心不已。肝臟水囊腫有點像是肝臟上的水泡，既沒有症狀，也不需要治療。如果沒有做檢查，到死都不會發現。

「但是健檢報告上寫著『要追蹤』。」

這是為了讓接受健檢的人再次回來健檢所採取的方法，但我不可能實話實說，只是告訴她不必擔心，但她無法放心。

「為什麼會長這種東西？」

我告訴她，大部分都是先天性，她皺著眉頭說：「但是去年健檢時並沒有發現。」可能是水囊腫太小沒有發現，或是因為液體累積的情況，從半年前開始可以看到，總之都不需要擔心。她繼續追問：

「沒有可以治療的方法嗎？」

雖然可以用針刺破，或是用腹腔鏡切除，但考慮到出血和感染的風險，最好什麼都不做。

「會不會發展成惡性的疾病？我平時該注意哪些事？可以喝酒嗎？可以做運動嗎？每天可以攝取幾公克的鹽？我平時有吃安眠藥，會不會有問題？」

「總之，妳完全不必擔心。」

「但是醫生，我的膽固醇很高。」

我問了數值，發現才比標準值高了五毫克。

「這也不必擔心。」
「但這樣是異常吧?」
「是標準值太嚴格了,以妳的年齡來考慮,這樣的數值不會有問題。」
「既然超過標準值也沒有問題,那為什麼要設標準值?」
這是為了讓更多人出現異常,增加醫療業的顧客——我無法據實以告,但努力讓她放心。
「有數據顯示,膽固醇數值比標準值稍高的人比較長壽,妳不必擔心。」
「並不是只要長壽就好,我希望可以健康長壽。我最近經常會打瞌睡,我查了網路,『微笑醫療』網站上說,可能是腦血管有問題。我會不會有這個問題?」
「『微笑醫療』這個網站經常列舉一些雖然不是捏造出來,卻很偏頗的數據資料,讓人看得心驚肉跳,有時候又會介紹一些很夢幻的治療方法,讓人產生錯誤的安心。
「不必在意那種隨便亂寫的網站內容。」
「但是我這一陣子胃一直很不舒服,胃感覺很重,吃下去的東西沒辦法馬上消化。」
也許是胃功能衰退。如果她最近的體重減輕,可能是什麼惡性疾病造成的。
「妳的體重有變化嗎?」
「我胖了三公斤。」

我忍著嘆息告訴她：

「這是因為飲食過量。」

上午最後一名健檢者是七十六歲的男性。我看著螢幕上顯示的資料，發現他是知名美容護膚會館的會長。

診察結束後，他雙手撐在腿上，以嚴肅的眼神看著我問：

「我可以請教一個問題嗎？之前不是曾經有過『死亡時機辯論』嗎？不知道你對這個問題有什麼看法？」

『死亡時機辯論』是在超高齡化的問題日益嚴重，有越來越多人認為長壽未必等於幸福時，曾經展開的辯論。從事臨終醫療的醫生看到很多人因為毫無意義的維生醫療，活得很沒有尊嚴，因此提出這個問題，他們認為凡事都要講究時機，與其不顧生活品質，一味追求長壽，不如在適當的時候離開人世更理想。

我回想起當時的記憶，四平八穩地回答：

「我記得提出這個問題的醫生認為，六十歲是最佳死亡時機，我認為六十歲有點太早了。」

「的確是這樣，但八十歲又有點太晚了，身體各個部位都會出現問題，沒辦法掩飾老化現象。」

「這個應該因人而異。」

「不，一旦過了八十歲，就無法否認老化的事實了，所以我認為最佳死亡時間在七十五歲到八十歲之間，也就是我現在這個時候。」

雖然他應該一眼就可以看出我已經超過八十歲，但他似乎完全沒考慮到這件事。

「要怎樣才能在最佳死亡時機就順利死去？」

他很認真地問我，完全沒有發現在健檢中心問要如何才能死這件事很矛盾。我不知該如何回答，他用無奈的聲音說：

「我從年輕時就勤於鍛鍊身體，到目前為止，從來沒有生過病。我一直相信長壽是好事，沒想到聽了『死亡時機辯論』之後，發現如果太長壽，會發生很悲慘的事。我平時就很重視健康，很可能發生死不了的危險性。我才不想躺在病床上被人照顧，沒有夢想，也沒有希望地過日子。我很希望離開的時候可以乾脆一點，有沒有什麼好方法？」

「很難，目前還無法安樂死。」

雖然從五十多年前就開始討論安樂死的問題，但因無法忽略安樂死可能淪為幫助他人自殺或是殺人的危險性，至今仍然沒有合法化。

「之前曾經流行『自然死』和『平靜死』，但向來注重身體健康的人無法輕易做到。」

「隨著醫學的進步，會危及生命的疾病都可以治好，這樣的話，就只能認為這是命運的安排，等到自己壽命終結的那一天。」

他發自內心感到失望地走出診間。

很多人都為長壽感到懊惱。這是長壽之後才能瞭解的事。

我再度想起了土岐佑介。他對長壽抱持否定的態度，甚至對我說，去參加他的葬禮時要為他祝福。他並沒有長壽的經驗，為什麼能夠瞭解這種不幸？

✦

下班之後，我擱下無人駕駛計程車，前往天照大神散步道。路上有許多老人在移動，有人拄著AI拐杖，有人戴著保護殼，還有人坐在最新型的機器人椅子上，老人使用的電動輪椅不斷推出新產品。

來到空中廣場，看起來很有錢的老人坐在虛擬樹的樹蔭下休息，在室町殿堂前彈電子琴的應該是藝術學院的銀髮族學生。

我走進殿堂，來到桃源咖啡的露天座位。當我環顧所有座位時，西方侑利香發現我，舉起手指向我打招呼。

「等很久了嗎？」

「十二分鐘。」

她看著3D手錶後對我微笑。她今天比平時更漂亮，一頭俵屋樣式的銀髮將她令人聯想到燕子花的妝容襯托得格外好看。

侑利香之前是大學醫院的護理師，我在三十年前認識她。我當時就對她很有好感，但並沒有發展為深入的關係。

我們在三年前重逢。參加大學創立一百八十週年的慶祝會時，她剛好在我旁邊。她六十五歲，一問之下才得知她先生原本在藥廠當醫藥代表，但車禍身亡，孩子已都成家立業，她正在充分享受單身生活。當時是貴子去世的第五年，我難得發現自己血液中的腎上腺素濃度上升。

我們一起溜出慶祝會，在牛奶吧喝了貝思憩後，去療癒室享受虛擬性愛。她的皮膚電位和我很契合，催產素的分泌也很完美。現在和她見面時，快感刺激荷爾蒙的活性值就會上升。

我們連結電路，同步進入交談模式。

「今天也有不少有趣的人來看診，有人想活到一百歲，也有七十二歲的人拒絕變老，還有人為自己活到九十二歲的高壽感到生氣。」

「來看診的人還是這麼多。醫學進步讓人類更陷入不安。」

自從癌症可以治好之後，人類開始擔心心臟病發作和腦中風，以及巴金森氏症和脊髓小腦萎縮症等罕見疾病。追求健康長壽的人湧入各地健檢中心。仍然有很多人無法放棄癌症早期發現很重要的迷信，仍有很多人接受癌症篩檢。人類的欲望和擔心沒有止境，我對靠煽動這種不安餬口至今的自己感到羞愧。

侑利香打開戴在手腕上的螢幕對我說：

「我看了JP新聞的報導，你在採訪中說，每天早上都散步。」

「下雨和風大的日子就不去了，還有盛夏和嚴冬季節也會停止。」

「你散步的目的並不是為了健康吧？」

「當然不是，是為了進入恍惚狀態，但我在採訪時並沒有提到這件事。」

我在散步時會沉浸在奇妙的世界。想像螢幕會呈現在眼前，這個世界上所有的一切都變得清晰可見。有時候會浮現感人的場景，有時候會出現殘酷的畫面。當我在這種狀態下散步一個小時後，肉體就會變得像紙一樣薄，全身都會被幸福籠罩，完全不記得自己在哪裡散步。

「不會危險嗎？會不會撞到車子或是跌倒？」

「也許有點危險，但我欲罷不能。」

侑利香的溫柔從指尖傳來。這種時候，都會讓我無法抵擋再婚的誘惑，但很快就刪除這種念頭。因為一旦再婚，不到半年，彼此就會倦怠，甚至可能強迫對方扛起照護的責任。無論如何都必須避免這種情況。

「我無法理解為什麼現在仍然有人追求長壽，如果不趁早採取行動，就會造成不堪設想的後果。」

「妳有做什麼危害健康的事嗎？」

「只有熬夜和運動不足而已，雖然這種程度的不養生無法造成早死，但想到萬一會活到九十五歲或是一百歲，就嚇得快窒息。你已經八十八歲，沒問題嗎？」

「不知道，畢竟冬眠保險又太貴了。」

「就是可以進入膠囊艙內冬眠的保險嗎？那是針對富人的保險，都怪政府沒有針對醫療進行管理，國民才會悲慘地越活越久，而且媒體片面重視尊重生命實在罪大惡極。」

「JP新聞的記者也一樣，才四十多歲，不瞭解長壽的痛苦。我雖然聊了老化現象，但記者充耳不聞。」

「負面的事向來無法公諸於世，大家都喜歡一些冠冕堂皇的天真想法，從以前就一直是這樣。」

我第三次想起土岐佑介的事。我向侑利香提起，她似乎產生興趣。

「你那個醫生朋友後來是怎麼死的？」

「雖然是以病死處理，但真相不得而知。」

我含糊其辭。佑介的葬禮後，我收到曾是他女友的志村響子寫來的信，她在信中說，是她殺了土岐佑介，而且說明殺害的方法，但在我收到信時，她已經自殺，佑介也已經火化，根本無法證明，只會徒增家屬的悲傷，於是我銷毀了那封信。

「他們家族都是醫生，但幾乎都很早就死了。」

「為什麼？」

「雖然是死於生病或是意外，但如果是巧合，未免也太巧了。佑介之前說，可能是受到早死基因的支配。」

佑介曾經向我提過他們家族中醫生過世的大致情況，我回想起葬禮之後，我去拜訪他哥哥信介，在不至於失禮的範圍內，向信介打聽了那些人的情況。

佑介的父親冬司在四十九歲時死於胃癌，祖父伊織在五十二歲時，在奧穗高失足墜落山谷身亡。曾祖父騏一郎因為肝硬化，在五十五歲時死亡。叔公長門在五十歲那一年，在入浴時溺死。長門的兒子覺馬在五十二歲時因肺癌而死。伊織是死於意外，所以他的早逝可能只是巧合。長門是在酩酊大醉的情況下入浴，也不能排除意外的可能性，不過卻是腦梗塞導致昏迷。

他們都是醫生，為什麼沒有發現自己的疾病？尤其長門的專長就是腦血管障礙，冬司也是消化道癌症的專家，他們都罹患自己專長的疾病而去世。他們甚至無法救自己的生命，卻有辦法為病人治病嗎？

佑介親口告訴我覺馬死去的情況，我記得很清楚。覺馬雖然是開業醫生，但對癌症治療抱著懷疑的態度，刻意無視自己的肺癌，沒有做檢查，也沒有接受任何治療就死了。

相反地，冬司罹患胃癌後，佑介的母親信美要求徹底進行治療，即使冬司自己說不想再接受治療，她仍不同意。信介一臉痛苦地對我說：

——我媽信奉醫療絕對主義，我爸基本上一樣。我無法否認我媽的方針加速了我爸的死亡。

在冬司去世之後，信美仍然相信醫療，積極做健檢和癌症篩檢。

侑利香嘆著氣說：

「醫生沒有發現自己生的病，或是讓重要的家人生病死去絕對不是稀奇事。」

「這是業界的機密事項，一旦公諸於世，會影響民眾對醫生的信賴。」

「佑介醫生的哥哥也很早就死了嗎？」

這我就不知道了。我在五十年前去找信介瞭解情況，不瞭解他之後的狀況。他比佑介和我大三歲，如果還活著，現在已經九十一歲。即使還活著，也不知道是否仍然健康。

光是想像這件事就感到可怕，我慌忙刪除這些思考。

✦

「手島醫生，有人要見你。」

接到櫃檯的聯絡時，我就像吃了苦藥的孩子般皺起眉頭。

「請對方進來。」

一個看起來很神經質的高齡女人，和穿著雙排釦西裝的五十多歲男子走進來。兩個人的面色都很凝重。

「我是赤垣利男的太太，他是我們的兒子清比古。」

那個兒子草草鞠躬後，遞上一張名片。上面寫著他在某家企業擔任人事部長。

九個月前，彌榮健檢中心的年輕醫生里中翔真在赤垣利男全身健檢後，做出「無異常」的判定。兩個月後，赤垣發生蜘蛛網膜下腔出血，在送醫後死亡，享年八十歲。里中在全身3D掃描中，漏看了三毫米的腦動脈瘤。

向里中瞭解情況後，得知他並非漏看，而是基於某個原因沒有告訴當事人。和顧問律師討論後，律師認為不可抗力也是原因之一，不需要回應對方提出的賠償要求。

但是赤垣的家屬無法接受，他們去調查里中的情況，發現他在為赤垣全身健檢判定的前一晚，凌晨兩點才離開貝比酒吧。那天他和女人談分手不順利，遲遲無法離開。家屬認為此舉違反「最佳狀態義務」，提起訴訟，請求賠償，要求的賠償金額為一億兩千萬圓。

最佳狀態義務是從十年前開始威脅健檢業界的潛規則，醫生在為健檢做判定時，身心都必須保持最佳狀態。

隨著健康檢查盛行，判定疏失成為嚴重的社會問題。畢竟特地進行健康檢查，卻因為判定疏失導致延誤治療，健檢也就失去了意義。

但是醫生也是人，無論再怎麼注意，都不可能沒有疏失。有時候很難判定，而且異常陰影可能被其他器官遮住。如果所有疏失都必須賠償，風險太高，沒有醫生願意為健檢做判斷，於是就提出「最佳狀態義務」作為折衷方案。

大阪某家健檢中心發生的事，成為推出這個折衷方案的契機。醫生在露天賭場輸了一大筆錢，自暴自棄地買醉，在宿醉的情況下判定健檢結果，沒有發現健檢者心肌梗塞的徵兆，結果健檢者在參加市民馬拉松賽時心肌梗塞發作死亡。

遺族提出訴訟，法院在同意原告主張的基礎上，提出前所未有的意見。雖然無法做到健診判定零疏失，但只有醫生在最佳狀態下判定疏失才不會被追究法律責任。

除了健檢醫生以外，所有從事攸關性命治療和檢查的醫生都適用這項標準。雖然通常都認為醫生在做好萬全準備的情況下投入醫療工作，但其實有不少人有睡眠不足、身體不舒服、憂鬱症、心情不愉快，有煩惱或是問題，而且根據統計，在這些情況下容易發生醫療疏失。

最佳狀態義務被視為對醫療的絕對安全要求之一，有人認為對飛行員和國防機構的隊員早就貫徹這項理所當然的要求，現在才引進醫療界已經太晚了。

赤垣的遺族提起的訴訟中，爭點就在於里中判定全身健檢結果時，是否處於最佳狀態。那天我和他在同一個區域為健檢者做診察，必須在法庭上作證，說明里中當天的情況。但是我根本不可能記得九個月前的事，和顧問律師討論後，他對我說，只要實話實說就好。既然不記得當天的情況，就代表里中的工作情況和平時無異。

赤垣的遺族察覺這件事，赤垣的妻子和兒子今天上門，顯然是為了向我施壓，避免我說出對里中有利的證詞。

「我爸爸很相信健檢。」

清比古板著臉說。他的五官很明顯，頭髮很濃密，一看就知道是認真優秀的人。

「你能夠瞭解我爸爸多麼死不瞑目嗎？」

「嗚嗚。」赤垣太太在一旁按著眼角。我不能說「對不起」。

清比古繼續說道：

「我爸爸從年輕時就很注重健康，進行嚴格的自我管理，隨時都很養生，但他仍然覺得可能會有生病的危險，每年都做健檢，每三年就做一次全身健檢，仔細檢查全身所有的器官，希望萬一得了癌症可以早期發現，如果有心肌梗塞和腦梗塞的疑慮，就要早期預防動脈硬化，同時確認內臟功能，檢查是否有病毒感染的情況，確認電解質平衡，透過心電圖、肌電圖和腦波檢查，瞭解循環系統和神經的狀態，隨時都調整全身處於最佳狀態。他所做的這一切，都是為了健康長壽，沒想到卻因為醫生漏看腦動脈瘤，導致他在兩個月後發作死亡，這是形同犯罪的重大醫療疏失。」

我低頭沉默不語，雖然耳朵很癢，但現在不能摳耳朵。

「我爸爸每逢週末，就會去各地高原呼吸新鮮空氣，讓自己的肺保持乾淨；為了避免增加腎臟的負擔，他只喝蒸餾水；為了維持肝功能，他持續高蛋白飲食，控制熱量，只從含有豐富不飽和脂肪酸的植物油中攝取脂肪；為了提升免疫功能，每天服用二十種營養補充劑，攝取三十種健康食品。為了保持身體年輕，還做肌力訓練和熱瑜伽。他付出這麼多努力，卻因為健檢醫生的判定疏失而斷送生命。」

無法排除赤垣利男是因為激進的健康法，導致三毫米動脈瘤破裂的可能性。根據顧問律師的調查，他在健身房內踩車手級腳踏車時發作昏倒。教練建議他騎普通級腳踏車，但赤垣似乎為自己騎車手級腳踏車感到很得意。正因他不自量力，才會導致通常不會破裂的動脈瘤破裂，而且不幸的是，剛好是在容易發生大出血的中大腦動脈破裂，但我當然不會對他們說這些。

「我也和我爸爸一樣相信健檢，醫學持續進步，任何疾病都可以預防。即使萬一發生異常，只要透過健檢早期發現，就可以避免重症化，但是無論檢查的儀器再怎麼發達，如果做出判定的醫生睡眠不足導致腦袋不清楚，做健檢根本沒有意義！」

清比古加強語氣，赤垣太太好像接過接力棒般哭著說：

「我先生之前整天都忙著工作，他一路平步青雲，成為董事長後，提升公司的業績，之後成為會長、名譽顧問，最後終於退休，他覺得自己終於可以享受退休後的人生。他才八十歲，現在的八十歲根本是人生才開始，實在死得太早了。」

不不不。我在內心搖著頭。雖然現在平均壽命增加了，但人類的品種並沒有進化。我向來對可怕的長壽感到害怕，覺得八十歲正是死亡的最佳時機，赤垣母子似乎完全無法接受。

赤垣太太克制著內心的懊惱問我：

「手島醫生，恕我失禮，請問你幾歲？」

「八十八歲。」

「啊喲，你比我先生多活了八年，真羨慕你這麼健康，你應該會活很久吧？」

「嗯，是啊。」

我覺得她在反諷，便意興闌珊地應答。

「但是那個姓里中的醫生為我先生的健檢做出不負責任的判定，他當天有好好工作嗎？」

終於直搗黃龍。我正準備開口，她立刻繼續說道：

「當然不可能。你知道里中先生在判定的前一天晚上做了什麼嗎？他和女人見面，而且一直到三更半夜，聽說兩個人一直在吵架。他不顧隔天還有判定全身健檢結果的重要工作，花天酒地，沒有足夠的睡眠，沒有為隔天的判定做好萬全的準備，這種違反義務的行為不是難以原諒嗎？」

哪有這麼誇張？雖然我這麼想，但失去丈夫的赤垣太太再怎麼誇大其詞地貶低里中，應該都覺得難解心頭之恨。

赤垣太太滔滔不絕地繼續說：

「判定當天，里中先生在下午請了年假。那天下午，他也去和女人見面。和他見面的女人證實，里中先生看起來很疲倦，有點神志不清，甚至沒辦法好好交談，可以合理推論，他在上午工作時注意力渙散。」

她那種強加於人的說話態度，令我產生反感。

「我能夠理解妳的心情，但遺憾的是，赤垣先生動脈瘤的位置比較危險，包括這件事在內，也有健檢無法預防的運氣問題。」

清比古立刻尖聲說道：

「你的意思是我爸爸很倒楣嗎？他那麼努力，這麼養生，難道你想要用一句他很倒楣，就要我們放棄嗎？」

「不，我絕對沒有這個意思。」

我慌忙改口，但已經來不及。

「太可悲了，這是一家健檢中心名譽負責人該說的話嗎？我們百忙中抽出時間，付了昂貴的費用，忍受長時間的等待，雖然很不甘願，但還是低頭拜託，來這裡接受麻煩的檢查，你們卻不提自己的疏失，說我爸爸是運氣不好才會送命嗎？」

「如果造成你的誤會，我願意道歉，我的意思是——」

「你辯解也沒用，我絕對無法原諒。無論你在法庭上說什麼，里中的疏失都很明顯。這是人禍，我爸爸根本是被里中害死的。我們會徹底奮戰，把來健檢的人當傻瓜也不能太超過。媽媽，我們走，和這種只會包庇自己人、掩蓋真相的傲慢醫生說話，根本是在浪費時間。原本以為名譽負責人應該是通情達理的人，我們太傻了！」

清比古破口大罵後，帶著他的母親離開了。

我靠在椅子上，覺得比之前接受**JP**新聞的採訪更加疲累。

我似乎能夠體會因為不經意的失言，遭到媒體抨擊，最後辭職下台的官員的心情。

「手島醫生，你打算在法庭上怎麼說？」

幾天之後，侑利香在吃作為午餐的蔬食粥時問我。

原本以為九個月前的事早就忘光了，但聽赤垣太太說的那些話之後，我想起了不該想起的事。向來很少請假的里中那天下午提早離開。我沒有問他原因，但他看起來很疲憊，所以我當時問他是否身體不舒服。

——是心生病了。

里中露出帶著自虐感的笑容。雖然他當時是在開玩笑，但如果我在法庭上說出這件事，應該會成為對里中不利的證詞。

開庭時，原告方面找來的證人是里中那個已經分手的女友。

律師發問後，那個女人冷冷地回答：

「我完全不知道里中隔天工作的事，才會一直談到深夜，而且也是因為他滔滔不絕，一直說個不停。我問他，隔天上班沒問題嗎？他一臉不以為意地說，那根本是小事一樁。他之前也曾經對我說，健檢根本不可靠，還說每年來健檢的人簡直就像是溫順的羔羊，把去做健檢的人當傻瓜。」

赤垣母子狠狠瞪著坐在被告席上的里中。里中真的曾經說過這種話嗎？

作證的女人承認隔天下午又和里中見過面之後，說他當時神情恍惚，試圖讓法官認為里中當天上午並非處於最佳狀態。

被告的顧問律師在反詰問時，女人承認了以下的事。他們前一天是在聊分手的事，而且是里中提出分手，女人對此感到不滿。法官應該可以由此瞭解到，女人的證詞隱藏著對里中的惡意。

接著，我站上證人席。顧問律師首先問了里中的為人，我坦率地表達意見。

「里中是一名優秀的健檢醫生，工作態度認真，診斷技術也很紮實。」

「但他不是沒有發現赤垣利男先生的腦動脈瘤嗎？」

顧問律師問。我按照事先討論的答案回答說：

「里中並不是沒有發現，他雖然發現了，但沒有告訴赤垣先生。」

旁聽席上一陣譁然，赤垣母子顯得很不悅。

「腦動脈瘤只有三毫米，通常這種大小不會有破裂的危險，里中判斷可以繼續觀察。之所以會做出這樣的判斷，是因為赤垣利男先生對健康有極度的不安。赤垣先生每年都會做健檢，這兩年都是由里中負責。在去年的檢查中，發現赤垣先生有高齡者常見的心房顫動現象，那是很常見的心律不整，雖然無法治好，但本身並不需要治療，但是赤垣先生極度擔心，不停地追問里中，為什麼會發生這種情況？不治療沒有問題嗎？是否會引發併發症？在檢查之後，還多次打電話給里中，只要身體稍有不適，就懷疑是心房顫動的影響，極度的不安導致最後必須接受精神科的治療。基於這樣的經驗，里中預料到如果把這次的腦動脈瘤告訴他，有可能會嚴重影響赤垣先生的生活品質。當然，因為赤垣先生在兩個月後發作，里中沒有說出事實可說是判斷錯誤，但這只是必須針對結果負責，當時沒有告訴赤垣先生腦動脈瘤的事並非他漏看，而是基於善意的顧慮。」

「我瞭解了，在里中判定健檢結果的當天，有沒有什麼可以懷疑他並非最佳狀態的情況？」

我停頓了一下後，斬釘截鐵地回答：

「不，他和平時一樣。」

「也就是說，並沒有因為睡眠不足造成影響嗎？」

「據我的記憶，並沒有任何會影響判斷業務的問題。」

原告的律師用嚴厲的語氣反詰問：

「你剛才說，里中發現有動脈瘤，但他沒有告訴赤垣先生，這不是嚴重違反合約嗎？接受健檢的人有權利知道檢查結果，醫生根據獨斷的判斷隱瞞結果，不是侵害了受檢者的權利嗎？」

「合約上可能是這樣，但醫療是更充滿人性的行為，醫生隨時都尊重病人的利益，如果只是機械式地告知檢查中發現的異常，根本不需要專家的判斷。我們健檢醫師隨時都考慮到如何才是對病人而言最好的結果，只是在赤垣先生的案例中，很不幸地造成反效果。」

醫療中有很多不確定的要素，必須實際執行之後才知道結果，如果因為結果不理想就請求賠償，那就太傷腦筋了。在醫療官司中，醫療過失必須賠償，但如果是妥當的判斷造成不良結果，就可以免責。

閉庭之後，剛才坐在旁聽席上的侑利香對我說：

「你沒有提心生病的事。」

「我並不是隱瞞，只是仔細思考之後，記憶漸漸模糊了。」

無論任何記憶，帶著懷疑的心情仔細回想之後，就會越來越無法確定。

「手島醫生，你已經是高齡人士了，即使記得以前的事，最近的事都會忘光光。」

即使她這麼笑我，我也不會受到良心的譴責。

✦

在開庭四次之後，法官的判決認為里中沒有告知有腦動脈瘤這件事的確有疏失，命令被告必須支付賠償金，金額為一百二十萬圓。賠償金額大幅減少的原因在於里中雖然有判斷疏失，但通常病人有三毫米的腦動脈瘤時，並不會限制病人運動，因此即使告知當事人，也很難預防發作。

在內部的慰勞會上，我提到土岐佑介的事。因為他的想法和一味追求長壽的赤垣母子完全相反。沒想到里中竟然認識佑介的哥哥信介。

信介之前在大阪吹田市民醫院的胸腔外科，之後轉到胸腔內科，還擔任日本胸腔醫學會的理事。

里中對這樣的巧合感到驚訝。

「我成為健檢醫生之前，在胸腔內科工作。土岐信介醫生雖然很久之前就退休了，但只要去向學會的事務局打聽，應該可以問到他目前的情況。」

里中可能很感謝我在法庭上的證詞，替我詳細調查了信介的事。信介在十年前發生腦梗塞，目前住在長野縣茅野市的照護療養院。

我打電話去療養院，詢問是否可以去探視信介。信介說，很想和我見面。

隔週，我帶著侑利香從日本橋搭中山道新幹線前往茅野。我邀侑利香同行，覺得剛好可以出一趟遠門當作約會。

「你為什麼想去見他？」

「我想知道為什麼土岐家族中，只有信介可以長壽。」

「你的好奇心還真強。」

侑利香有點無奈，又帶著好奇笑了。

窗外的山野景象和五十一年前，我去參加佑介葬禮時幾乎沒有改變。我想起當時的事。我記得佑介的葬禮在茅野市殯儀館舉行，我提早抵達，見到了躺在棺材中的佑介。當時是佑介的媽媽信美和哥哥信介接待我，雖然記憶有點模糊，但我覺得他們似乎對早死的佑介帶著憤怒。

「在佑介葬禮的隔年，我去大阪和信介見面。我上次提過，佑介說他們家族受到了早死基因的支配，所以我想知道信介對這件事的想法。」

「你問這麼不吉利的事，是不是惹怒了對方？」

「不，信介並沒有覺得這有什麼不吉利，他一笑置之地回答，只是巧合而已。」

我輕輕搖搖頭，侑利香敏感地察覺到我的想法。

「你並不這麼認為？」

「整個家族的人都早死，通常不是會認為其中有什麼原因嗎？」

「基因支配了無意識的行為嗎？但是，信介不是活到九十一歲還好好的嗎？」

的確是這樣。但可能是因為對佑介有特殊的感情，總覺得他那番話並不是隨口說說而已。也許信介繼承的不是土岐家，而是他母親家的基因。

我們在下午兩點多時來到茅野車站，然後搭上古早的、有人開的計程車前往信介所在的療養院。

照護療養院「信濃之家」位在一大片可以眺望蓼科山的落葉松林中。我們在櫃檯申請面會，螢幕上出現「approve（同意）」的訊息。侑利香和我沿著燈光指引，前往信介的房間。

根據里中事先調查的情況得知，信介有中等腦萎縮現象，有時候會胡言亂語，但大致沒問題。

走進他的房間之前，我做好心理準備。無論他看起來多麼蒼老，我都不能顯得驚訝。畢竟我自己也已經很老了。

確認名牌後，打開滑門。信介坐在床邊的椅子上等我們。他穿著斜紋布格子襯衫和開襟衫，下面穿了一件寬鬆的牛仔褲，一頭稀疏的白髮，但比我想像中更年輕。

「好久不見，我是佑介的大學同學手島。」

「歡迎。」

他笑著向我伸出右手，我走上前一步和他握手。信介頓時皺起眉頭，紅了眼眶，眼淚流下。

「啊、啊啊、啊啊啊，嗚嗚。」

「怎麼了？」

我驚訝地拍著他的背，但信介非但沒有停止哭泣，反而放聲大哭。侑利香從小桌子上拿了面紙，為信介擦拭眼角。

「你沒事吧？」

「謝、謝、謝謝你們，我、沒事了。失、禮了。」

信介調整著呼吸，用沙啞的聲音回答。他的表情，就像是差點溺水的孩子被從水裡救起來。

「要不要躺回床上？」

「不、需要。」

「請問到底怎麼了？」

「我很高興，想到佑介的朋友、來看我，就覺得很高興。很、很、很高、很高興。」

他再次張大嘴巴哭泣。原來是感情失控。這是一種大腦功能障礙，由於無法控制感情，所以會對一些微小的事做出誇張的反應。

等他心情平靜後，我和侑利香一起坐在事先為我們準備的椅子上。

「之前曾經去大阪拜訪你，謝謝你當時和我聊了許多。」

「嗯，我記得。哈哈，呵呵，嘿嘿嘿。」

他又突然發笑，笑得整張臉都皺成一團。我跟著笑了。信介見狀，又扭著身體「啊哈哈哈」發笑。他發笑的感情同樣失控。侑利香也陪笑著。雖然氣氛變得很溫馨，但這樣有辦法談事情嗎？

「啊，對不起，我沒事了，唉，老了真是很麻煩。」

他突然端正姿勢，用正經的語氣說道。感情發洩之後，似乎暫時可以平靜下來。

「這裡的生活怎麼樣？」

「很舒適，照護機器人會幫忙做很多事，但是機器人不懂得通融，連笑話也聽不懂，哈哈哈。」

這次的笑似乎是正常的陪笑。

「看到你身體健康，真是太好了。」

「不不不，我吃東西會發生誤嚥，只能從胃造口灌食。嘴巴很饞，就吃風味口香糖，但沒辦法吞嚥口水，吃不出味道。我很愛美食，很希望可以吃各種東西，但現在都吃不了。嗚、這實在、嗚嗚、呃、嗚啊啊。」

他再度開始哭。他可能想忍住，發出抽抽噎噎的聲音。但他仍然努力說話，於是我把手放在他的肩膀上安慰他說：

「我瞭解，沒關係，你一定很痛苦。」

「對、對，很痛苦。嗚、嗚嗚、啊啊、呃呃。」

我和侑利香交換眼神。九十一歲的年紀果然很辛苦。哭會消耗體力，所以他的呼吸越來越急促。痰卡在喉嚨，他吸進去後用力大咳。侑利香走到他身後，時而撫摸著他的背，時而輕拍著他的背，但他遲遲無法停下來。

「你不必克制自己，想哭就盡情地哭。」

「嗚嗚嗚，呃呃呃，我並不是因為、想哭、才會哭。」

過了一會兒，他又稍微平靜下來。我把握機會，向他介紹了侑利香。當我說侑利香以前是護理師時，信介開心地露出了開朗的表情。

「妳真漂亮，謝謝妳來看我，我精神都好起來了。」

牆上掛著四十英寸的液晶螢幕，輪流播放著家人的照片。

「這是你女兒和外孫嗎？原來你已經有曾外孫了。」

「兩個女兒都嫁給醫生，大女兒在諏訪，小女兒去了京都。我總共有五個外孫，大女兒生的那兩個外孫都結婚了，所以我也有兩個曾外孫。」

「太棒了。」

「他們都很乖，會輪流來看我。呵哈、啊哈、啊哈哈哈。」

他又失控大笑起來。

「啊哈哈哈，我一笑就、哈哈、停、停、停不下來。呵哈，啊哈、啊哈哈哈。」

我跟著笑了。心情也跟著變得很愉快。

雖然我很想問他太太的情況，但萬一已經去世，他又會哭，我就忍著沒問。

當他笑完之後，一臉正經地說：

「家人是我的精神支柱，我可以活得這麼久，真的很感謝他們。」

「那真是太好了。」

我在點頭的同時，忍不住產生疑問。信介真的為自己的長壽感到高興嗎？他沒辦法用嘴進食，整天住在療養院內，還因為無法控制感情而大哭。

但是，信介臉上的笑容很純真，看起來就像是惠比壽財神，胖胖的臉上很有光澤，也很有神采。

「你們看那個。」

信介用顫抖的手指向玻璃櫃，裡面放著用枯樹枝和橡實做的動物。

「這是你自己做的嗎？」

「對，既可以打發時間，也可以復健。我去後院的雜木林中撿了製作的材料，如果你們不嫌棄，可以走過去看一下。」

我站起來，打開了玻璃櫃的門。

「那是河馬，右邊的是黑猩猩，左邊的是水牛。」

每個作品都巧妙地捕捉動物的特徵加以變化，的確很像那些動物。信介的手指似乎很靈巧。

「我每天都會學習醫學，目前正在看《*LUNG*》。我翻出以前的雜誌重新閱讀。」

他的枕頭旁放著英語的專業雜誌。

「好厲害。」

我隨手拿了起來，隨意翻閱著，發現有好幾個地方畫了紅線，也有手寫的文字。紅線扭曲歪斜，稚拙的文字就像幼兒寫的。因為他的手會發抖。我看了這些字跡，一股溫暖湧上心頭。

信介因腦部萎縮，導致手無法自由活動，但他仍然在專業雜誌上畫線、寫字。即使已經離開醫療第一線，仍然沒有忘記身為醫生的心，持續學習。他用枯枝和樹果做這些動物時，顫抖的手應該失敗好幾次，重做了好幾次，才能夠逐漸完成。這些事都要發揮極大的毅力和耐心。

我對他的努力感到敬佩。信介雖然對長壽感到痛苦，但仍然努力活好每一天。

「妳看。」

我把雜誌給侑利香看，她也發現了。

「毅力太驚人了。」

侑利香佩服地說，信介再度露出好像融化般的笑容。

「自己的事，我盡可能自理。無論打掃房間還是廁所，我都不會交給機器人，而是自己打掃，這樣更能夠產生感恩的心。」

「土岐醫生，你太了不起了，今天見到你，帶給我極大的力量。我以前一直覺得長壽無益，但只要保持良好的心態，就可以繼續努力。」

「對，心態很重要。」

他很有自信地用力拍著小桌子說。侑利香面帶微笑說：

「土岐醫生，你看起來很幸福。」

「很幸福啊，每天都覺得活著很開心。你們看這個，這是我曾外孫畫的。」

他操作遙控器，液晶螢幕上出現了幼兒畫的電腦繪畫。那是信介的肖像畫。圓臉上方畫了好像熱氣般的白髮，兩道濃眉，嘴角下垂。

「是不是很像？哇哈哈哈哈，很像。哈哈，原來我在小孩子眼中是這樣。呵呵呵，哇哈哈哈，啊哈哈。」

他再度開心地笑著，心情很爽快。

也許我之前太在意長壽所帶來的負面效應，因為身在醫療第一線，看過太多長壽的人悲慘的情況，所以無法從肯定的角度認識老化這件事。但是，如今的醫療和五十年前大不相同，即使日常生活中會有很多不方便，只要有良好的心態，就可以活得很正面。

「我不希望自己因為長壽而痛苦，整天都在思考有沒有輕鬆的死法，但我似乎錯了。」

「這種想法太不珍惜生命，不能死，死了就無法得到幸福。總之，活著最重要。」

他再次咚地一聲敲著小桌子。這似乎是他在強調時的動作。

我改變了想法，問信介說：

「土岐醫生，你目前沒有任何擔心的事了吧？」

我以為他會點頭，沒想到他的圓臉突然皺了起來，眼睛瞪成三角形，豆大的淚水流下。他痛苦地哭得死去活來。

「怎麼了？」

「我很擔心。嗚嗚嗚，啊啊啊，是一件很大的、令我擔心的事。」

……

✦

回程的新幹線啟動後，侑利香好像突然想起什麼似地笑了。

我笑不出來，仍然板著臉。

「你似乎受到很大的打擊。」

「當然啊，簡直難以相信，我做夢也沒有想到竟然會有這種事。」

「俗話說，過猶不及，但在醫療的問題上，過比不及更糟糕。」

當信介放聲大哭時，我以為他在擔心他的太太，以為他太太奄奄一息，或是失智，對未來感到不安，導致他再度感情失控，沒想到我錯了。他擔心自己死了之後該怎麼辦？

信介對活著這件事這麼執著嗎？他已經九十一歲，應該離死亡不遠了。

「土岐醫生，你不用擔心，你還很健康。」

雖然我這麼安慰他，但他仍然沒有停止放聲大哭。我和侑利香互看著，覺得只能默默看著他哭泣。

五分鐘後，他似乎哭累了，心情漸漸平靜下來。他自己拿毛巾擦臉，用力擤著鼻涕。

「啊，失禮了，真的很不好意思。但這件事真的無可奈何，哈哈哈。」

他無力地笑完之後，站起來說：「我來向你們說明我擔心的理由。」

他拄著拐杖，走出房間。搭電梯來到一樓，穿越圍繞中庭的走廊，看到玻璃隔板上寫著「藹藹病房」。那裡似乎是需要醫療照護的人住的地方。

向護理站點頭打招呼後，沿著昏暗的走廊繼續往前走。

「就是這裡。」

看到門旁的名牌，我一時不知道那是誰。我無法相信。

信介打開滑門。房間內的百葉窗拉下，充滿了傳統的消毒水味道，生命維持裝置的運轉聲音規律地響起。

「這是我媽媽。如果我先死了，她一定會很難過，這就是我擔心的事。因為讓白髮人送黑髮人是最大的不孝。」

躺在床上的是土岐信美。雖然她還活著，但簡直就像木乃伊，從毛毯下露出的手臂連著自動點滴、血液透析和血漿交換的管子，氣管切開的脖子上連著人工呼吸器的管子。掛在床邊欄杆上的尿袋中裝了深啤酒色的液體。

「令堂今年幾歲了？」

「一百一十四歲。」

簡直是超高齡了。但信介已經九十一歲，他的母親差不多就該是這個歲數。

信美沒有說話，完全沒有動靜，似乎沒有察覺我們的出現。她雙頰凹陷，臉上有無數皺紋，嘴唇失去血色，鼻子只剩下骨頭，瞪大兩眼，一臉可怕的表情瞪著天花板。

「她有意識嗎？」

「當然有啊。媽媽，妳今天還好嗎？」

信美沒有反應，灰色的眼珠子很混濁，眼白中佈滿血絲，好像凝結了憤怒的可怕表情持續瞪著半空，無力張開的嘴既無法喝水，也無法進食，全身上下只有胸部因為脖子上連著的人工呼吸器，繼續起伏著。

「只要叫她，她就會對我笑。媽媽，妳聽我說，今天佑介來看我們。」

信介的態度很奇怪。他明明是感情失控的人，但此刻臉上沒有表情，他用雙手握住了信美好像幾根枯竹綁在一起似的手說：

「佑介結婚了，妳看，他太太是不是很漂亮？」

他似乎把我和侑利香當成了弟弟佑介夫婦。雖然隨著醫療的進步，可以讓人免於死亡，但眼前這種狀況也太離譜了。如果信美有意識，卻渾身無法動彈，連著這麼多儀器，簡直就是人間地獄。

信介試圖彎曲信美的手臂，但信美的關節都已緊縮，無法活動。

「媽媽，我們來復健。來，妳放輕鬆，要活動一下關節。」

他想要用力讓信美活動，於是拉扯到連著氣管的管子。

「危險。」

侑利香立刻上前制止信介。

「妳不要妨礙我。如果不運動，肌肉就會萎縮，如果無法走路就傷腦筋了。喂，妳走開！混、混、混蛋！」

他咆哮著，想要動手打侑利香。我擋在侑利香面前，信介用力把我推開。他憤怒的感情失控了。

「請你冷靜。」

「別煩我！你知道我是誰嗎？你被開除了，我要把你貶去鄉下。各位，大家都同意嗎？」

他轉過頭，詢問看不見的人的意見。侑利香按了急救鈴找人進來。

「啊！妳想把我當成壞人，不管叫警察還是找軍隊來都沒關係，我不會在暴力面前屈服，喂！」

他舉起雙手威嚇，這時，一名男性護理人員衝進來。

「土岐先生，好了好了，沒事了，你媽媽在擔心你。」

護理人員哄著他，信介突然跪在地上，放聲大哭起來。

護理人員似乎已經習慣了，在安撫著信介的同時，俐落地用遙控器操控著電動輪椅，讓信介坐上去。

「好，我們回房間，不用擔心，太好了。」

我們就這樣離開了「信濃之家」。

…………

侑利香坐在新幹線的座位上說：

「到了那種程度，就只能笑了。你可能沒有發現，我在離開前看了一下，發現謠謠病房內有好幾個和信美年紀差不多的人。」

「別說了，太可怕了。」

「隨便延長生命是一種罪惡。雖然醫療為了讓人類遠離死亡持續努力，但最後發現順其自然最好，實在太諷刺。」

「很快就會開發出讓人在適當的時機死去的醫療，只是不知道我能不能活到那一天。」

我靠在智慧型座椅上想道，現實真是太可怕了。

只有長壽的人才瞭解長壽的痛苦。不知道佑介看了眼前的狀況會說什麼？他會搖著頭苦笑說「看吧，我說對了」嗎？

但是，三十七歲就離開人世未免太早了，至少應該像其他親戚一樣，活到五十歲左右。不，或許這只是誤差範圍？但人總是希望自己長命百歲。

我對著記憶中年輕的他辯解。

暮色籠罩窗外，樹木漸漸披上深色的輪廓。電車在行駛，一天即將結束，一年也會很快過去。人生有朝一日會結束。我帶著憂鬱的心情自問：如果三十七歲死太早，活到一百一十四歲又太久，到底幾歲死才剛好呢？

這個問題沒有意義。

無論祝福葬禮，還是避諱長壽，結局都一樣。病人總是追求長壽，醫生就努力用更好的醫療回應病人的需求，結果就製造出那種諷刺而可怕的長壽。但是，一定有人因此避免了英年早逝。如果不同時注意到這兩種情況，就無法追求理想的臨終。

但是，這樣能夠找到理想的死亡方法嗎？

我越想越累，精神有點恍惚。

任何人都只有一次，面對自己的死亡。

104

祝葬

祝葬 / 久坂部羊作 ; 王蘊潔譯. -- 初版. -- 臺北市 : 春天出版國際文化有限公司, 2022.05
面； 公分. -- (春日文庫 ; 104)
ISBN 978-957-741-502-8(平裝)

861.57 111001827

ISBN 978-957-741-502-8
Printed in Taiwan

作　　者　久坂部羊
譯　　者　王蘊潔
總 編 輯　莊宜勳
主　　編　鍾靈

出 版 者　春天出版國際文化有限公司
地　　址　台北市大安區忠孝東路四段303號4樓之1
電　　話　02-7733-4070
傳　　眞　02-7733-4069
E－mail　story@bookspring.com.tw
網　　址　http://www.bookspring.com.tw
部 落 格　http://blog.pixnet.net/bookspring
郵政帳號　19705538
戶　　名　春天出版國際文化有限公司
法律顧問　蕭顯忠律師事務所
出版日期　二〇二二年五月初版

定　　價　320元

總 經 銷　楨德圖書事業有限公司
地　　址　新北市新店區中興路二段196號8樓
電　　話　02-8919-3186
傳　　眞　02-8914-5524
香港總代理　一代匯集
地　　址　九龍旺角塘尾道64號 龍駒企業大廈10 B&D室
電　　話　852-2783-8102
傳　　眞　852-2396-0050